侯国龙 著

奔逃的月光

山西出版传媒集团　山西经济出版社

图书在版编目（CIP）数据

奔逃的月光 / 侯国龙著 . — 太原：山西经济出版社，2024.1
 ISBN 978-7-5577-0621-0

Ⅰ.①奔… Ⅱ.①侯… Ⅲ.①中篇小说 - 小说集 - 中国 - 当代 Ⅳ.① I247.5

中国国家版本馆 CIP 数据核字（2023）第 124592 号

奔逃的月光
BENTAO DE YUEGUANG

著　　者：	侯国龙
责任编辑：	司　元
封面设计：	王　其

出 版 者：	山西出版传媒集团·山西经济出版社
地　　址：	太原市建设南路 21 号
邮　　编：	030012
电　　话：	0351-4922133（市场部）
	0351-4922085（总编室）
E - mail：	scb@sxjjcb.com（市场部）
	zbs@sxjjcb.com（总编室）
经 销 者：	山西出版传媒集团·山西经济出版社
承 印 者：	山西康全印刷有限公司
开　　本：	880mm×1230mm　1/32
印　　张：	9.5
字　　数：	200 千字
版　　次：	2024 年 1 月　第 1 版
印　　次：	2024 年 1 月　第 1 次印刷
书　　号：	ISBN 978-7-5577-0621-0
定　　价：	68.00 元

目　录

奔逃的月光　　　　　　　　　／ 001

隔墙来电　　　　　　　　　　／ 065

死无对证　　　　　　　　　　／ 087

死无对证（之二）　　　　　　／ 127

无声告白　　　　　　　　　　／ 167

一朵雨做的云　　　　　　　　／ 247

奔逃的月光

奔逃的月光

一

还是刚入梅的时候，拆迁的传言就已经野草般在分金街蔓延开了。

分金街人人都像得了恐慌症。他们逢人就说入梅早了，是要出事的。我主动和他们打招呼或者说个事儿，他们爱理不理的，总给我说，管管老天爷吧，叫它不要下雨了。我说没那能耐。他们就指着我的鼻子说，那最好啥也别管。说得我脸上一抽一扯的，像吹了阴风。

后来，我算是明白了，他们谈起雨天就会特别的起劲。无非他们先会相视一笑，笑到别人刚察觉就敛住了。然后就会像耐不住性子的钓客互抛着鱼线，都指望别人会是那条冒失的鱼呢。但这个世界上谁都不是傻子，谁会把关系全家切身利益的秘密和盘托出呢？谁不防着点儿谁啊？

我和老艾就是他们处处提防的人。想想也是，也难保他们会这样认为。街道办事处合并了，居委会搬走了，方圆几公里，唯独我们警务室还不知趣地立在那里。

再说我吧，才从九峰山派出所调来这里。很多人说我走了狗屎运。他们就是这么想的。别的不说吧，九峰山是什么地方？是九座连在一起的山，山里面还有片公墓，活人送死人的地方，鸟从那里飞过都不带声的。

老艾与我不同，他在分金街干了10来年了。他才不管别人背地里怎么骂我们呢，上面没说撤就守着。没事的时候，他就挺着个大肚子，像不倒翁那样在警务室里晃来晃去，有一搭没一搭地和我聊着天。

一开始，我们聊天仅限于他问我答。

他先从我的毕业院校、学历问起。

我说是武汉大学毕业的。他惊讶得接连"哦"了好几声。或许在他眼里，武大毕业最起码在哪个街道坐办公室吧。我说，有同学到现在都没找到一份像样的工作呢。他立即又像从某个困顿中明白过来了，哦，倒也是，找工作不容易啊。他又问，那你毕业了，咋办？我说，能咋办？去考公务员呗。他嘿嘿一笑，问，然后呢？

然后，我就一五一十地告诉他，从租房子专心备考讲起。房子租在女朋友家附近，原因可能很多年轻人都猜得出来。没住上一个月，房东说不能住了。我问为啥？房东说要拆迁。我说总得让我把半年住完吧。房东说只是先通知一声。我关上门，继续做了两个月的试卷。女朋友偶尔来探望我一下，看着墙角越码越高的备考资料，她撇着嘴说，怕墙倒了？她那绝对不是幽默，知道吗？她有种心理优势。唉，能怎么办呢，多做一份试卷就多一份胜算啊。好在没等试卷把房子堆满，我的录取通知书来了。我至今都还记得当时说过的每一句话：从今天起，我，刘某人，不再是谁的房客了！我是一名公务员了。

我一字不落地复述给老艾，样子肯定很好笑。他笑得眼泪都出来了。

我说，老哥，我喜极而泣呀！在屋里大叫着，抓起试卷撕个粉碎，扔得满屋都是，像扔钱一样那么畅快。

时间长了，我发现老艾是一个很好的倾听者。他从不打岔，你说他就听着，你不说了他就又提问。说实在的，他要是不问，这些事儿说不定哪天就从我脑袋里跑掉了。

他还问过我一些学校的事情。我想都没想地向他说起了樱花。

哎呀，每年三月刚过，晃动的黑脑袋和飘飞的樱花，这一黑一白的搭配浑浑然就成了武大标志性风景。偏偏有些人不甘心只看后脑勺，就忍不住朝着树干踢或是抱着树摇，花瓣便羞答答地飞旋起来。然后就听到一阵尖叫，下雪啦下雪啦……

那都是外地人。老艾打断了我的描述。

我竟然忘了老艾是本地人了，他怎么会不知道武大的樱园呢？

说完，他看了我一眼，可能觉得有些不妥，又改口说，你现在是武汉人了，正儿八经的警察身份。

我冲他笑笑，心想，那也不全是外地人吧。管他是不是外地人，反正我是不会发神经去摇树的。干嘛非要分出个武汉人和外地人来呢，未必武汉人长得不一样？这个想法可真逗。就算武汉人脱光了衣服让我仔细研究，我也分不出个所以然来。我女朋友，也就是我现在的老婆，她就是武汉人。同床共枕这么多年，不是我主动研究她，就是她主动研究我，只要她不用武汉话哼唧，我丝毫不觉有何异样。

通常，我们就那样聊着。

整个春天，我、老艾和分金街都泡在雨里。人们都躲在家里关着门窗商量着天晴了以后的事。活泛着的恐怕只有那几只不识时务的流浪狗了，也只有它们在无忧无虑地享受着春天。

二

雨突然有一天就停了，一丁点儿征兆也没有。

拆迁工作队说成立就成立了。我们警务室要抽人协助别的部门做工作。

老艾说，我去吧，情况我熟。

我贫他说，我去吧，武装带往老哥身上一扎，你就成两节莲藕了，楼上楼下地跑，身体吃不消的。

我多少是带有一点私心的。说白了，想图点儿表现呗，总不能老窝在警务室里哼天吧。

也或许，我表现得太过强烈了。老艾笑笑之后不再坚持了。没干几天，我才明白老艾笑的其实是另有含义的。

分金街上的人恨不得都长出第三只耳朵来。张家说，李家搭的棚子都算了面积，我家的凭啥不算？赵家说，院子里的树是他爷爷种下的，砍了也不能白砍，谁砍我就砍了谁的手。

他们把积攒了一个雨季的话全抛了出来，和自家情况类似的，想法差不多的，都盯得死死的呢。

奔/逃/的/月/光

第一天,我带着一帮子人,举着喇叭喊"今天的搬迁是为了明天重建美好家园",刚起个头呢,一盆潲水就从天而降了。我和喇叭都被淋哑了声。还得喊,换别的喊。然后,砖就下来了,落地的时候头皮都是凉飕飕的。

遇上我敲不开门的,老艾就会不声不响地迎上去,帮我把事情处理得妥妥当当的。我们夸他宝刀不老,他会笑着说,我连菜刀都不是咧。

要我说吧,老艾既不是宝刀也不是菜刀。他和刀压根就没可比性,他心软呀。

有一回,工作队困在老李家。人家不让走,全家老少都上了阵。老李还放了狠话:不把阳台面积全算上,今天谁都别出这个门!

不谈不行。小李像堵墙一样封死了他家的大门。真谈吧,谁出面谁被骂。最后,大家把目光转到我这个年轻人身上来了。有人扯我衣服,朝我努嘴,见我还不动,干脆就推我了。

我像棵待伐的杨木,直挺挺地站在老李面前。我说啥呢,我只是一个小警察,我的任务里就没有这一项。

李叔。我像含着桃核吐了句。

老李反应挺快的。谁是你叔了?少扯。

我说,李叔,您看,不是好事多磨嘛。

老李"啪"的一声把水杯摔个粉碎。他的话变得也像玻璃碴那样，谁都不敢接。

小李也像得到什么暗号似的，伸手拽住了一个嘟囔了一句什么的人。此时，门口让出了一道缝，我都没反应过来，其余的人像风一样都窜了出去。

不走不行啊。老李家还有李二、李三，已经抄起家伙冲过来了。

我不屑于跑，快步走到门口的时候，后背就被抓住了。就在这时，老艾出现了。他一个翻腕甩掉了那只手，扯着我就往楼下跑。

楼下那家的门是开着的，有人接应我们。李二、李三赶到门口时，门刚好关上了。

老艾喘着气，骂我，苕呀，别人都跑了，你还充什么蒜。

我发着愣。

有人挪了椅子让我们坐下，是吴妈。她来警务室找过一次老艾，我还给她倒过一杯水，从那次起我就叫她吴妈了。

吴妈说，老李家人多，想换个大房子，可还差两平方米才够条件。

老艾叹着气，像是在拆他家的房子。

吴妈又罗列了一大堆老李家的困难。

我不好说什么，插不上嘴。后来，吴妈要留我们吃饭。老艾夸吴妈烧得一手好菜。吴妈说，小刘，别听他瞎吹，都是家常菜，你们凑合吃点儿，往后，要请你们吃顿饭就难咯。老艾眉毛一扬，说，干脆别搬了吧，你的房子拆了，我的没拆，不嫌弃先住我家，做个过渡。话一出口，连他自个都愣住了，眼睛不自在地眨巴着。

吴妈支吾起来了。你们，先坐会儿，我去做饭。

那顿饭我没吃成。我被工作队叫走了。过了几天，我听老艾说吴妈答应不搬走了。想必老艾那天是留在吴妈那里吃了午饭的。他还说吴妈愿意把自己楼下的一个小储物间让给老李家。这样一来，老李家就凑够那两平方米了，老李家也愿意给吴妈一些补偿。也算是落个两全其美吧。

老李家心满意足了，见人就说老艾的好。但事情就坏在这里。老李家的事被老王家知道了，非要找老艾当面对质。这种事哪能对质呢。老艾只好装不知道，不吭声。

后来老王家的就骂老艾是个二百五。这还不算，他还专门凑上来揭老艾的底。

我表示很忙。他嘴角泛着冷笑，他老婆这事儿分金街谁不知道？

他也不管我听不听，围着我开始说叨。我知道他要说啥，我倒也听说过一些。

那还是好多年前了。警务室来了一个女人，手里拎着两瓶酒，说找姓艾的警察。老艾说，我就是姓艾的，有什么事。女人的眼睛笑成了半弯的月亮，问，真姓艾？老艾说，真姓艾。女人把两瓶酒往凳子上一放，说，请你帮个忙，我弟弟参军，给开个政审材料，行不？老艾说，政审材料不能随便开。女人急了，说，我弟这人老实得很，好事坏事都没干过。老艾说，干没干过，你我说了都不算。他退了那女人的酒，去居委会问了问，在档案里查了查，给开了证明。女人的弟弟后来顺利参了军，她又拎着两瓶酒，外加两条烟直接送到老艾家里去了。老艾坚决不收，女人坚决要送。老艾说这是纪律，我只是按规矩办事。女人说啥纪律？纪律没说警察不准和群众搞好关系。老艾说这是要求，这是我的工作职责。女人说啥要求？要求没说男人不抽烟不喝酒。女人越凑越近。老艾词穷了，就把那女人往外推。这一推，那女人就找到了空，扑进了老艾的怀里。

见有人围观，老王家的越说越来劲儿，我告诉你们，别看他姓艾的现在拽得不得了，当初还不是被他老婆七拱八扭地没两下就把他的裤腰带给下了。

打死我也不会信。人家两口子说的私房话，你们怎么知道得那么清楚呢。

老王家的捂着嘴笑了。我问他，笑什么？他说，你不觉得好笑吗？我说，你们这是妒忌人家的福气。

福气？他女人跟别人跑了。老王家的笑得嘴巴都能吞下一个拳头。跑之前生了个女孩，还不知道是不是他的种呢。

原本是个俊姑娘,发高烧,烧成傻子了。人傻了,美有什么用呢。有人诚心把话往坏处说。

我懒得再听他们胡诌了,这明明是往老艾身上泼脏水嘛。

他家的事你知道几多?老王家的合上折扇,活像收场的说书人,甚是得意地走了。

我无言以对,搞不清楚他们为什么一会儿对老艾说三道四,一会儿又冲我吹胡子瞪眼的。不管我怎么耐心加细心地解释,他们还是会说我们也是共产党的老百姓,我们不是那么好欺负的。

呛得人要闭过气。

谁不是老百姓了?我,老艾,吴妈……都是!

三

有时,我真觉得他们是恨不得把警务室拆了才好。

谁家的锅碗瓢盆被人"顺"走了,谁家的花草猫狗丢了,都要找来给个说法。这个世界就是这么对立着的。顺手牵羊的人偏偏认为那些破东西不值钱,还狡辩东西是在楼道里捡的。丢了东西的人自然会满腔愤怒地说,不值钱你还偷?然后再大讲一番东西的来历，越讲东西就越值钱。如果吵着不过瘾就开骂呗，骂着不过瘾就要动手了。我和老艾当然不会让他们动手，挡在他们打架的姿态中间，劝完这个，又说说那个。大多数时候，顺手牵羊的人会找个机会撤退，然后出门时骂上一句。丢了东西的人就追出来，跟在后面骂。

我有时还真想看他们打上一架，打他个头破血流。要真这么做，那就又有人告我们不作为了。如果再有人说我走了狗屎运，我就得骂人了。

当然，也有来办正经事儿的，比如开个证明、办个证什么的。要是来个不吵架不办事儿的，反倒成了稀奇。

像吴妈那样一声不响地坐在角落里，等你某只眼的余光瞥见那儿还坐着一人，准被吓一跳的。

我还以为她要办什么事。她说过来看看。我照例给她倒了水。她问老艾去哪儿了。我说他去西头劝架去了。吴妈"哦"了一声，起身要走。我也没多想，就说老艾回来了，我让他去找您。吴妈手摆得像风中的树叶子，连忙说，不用找的，要不，你就告诉他一声，我要去成都了。

我随口说，好的，一定转告他。

老艾回来的时候，一脸阴云。我告诉他吴妈来过，说她要去成都了。他说知道了，就不吭声了。他的脸一直黑到下班。

他叫我一起吃饭。看他心情不好，我就答应了。

我们去的那家餐馆离辖区不远，但不在我们辖区。老艾说那样避嫌。餐馆有老艾喜欢吃的几样小菜。跟老板也熟，老艾有时还跑进厨房亲自操刀，乒乒乓乓一通，乐呵呵地端出两盘小菜来。他最拿手的要数凉拌黄瓜了。刀拍或是切成滚刀块，洒上一撮大蒜泥、葱花、食盐，淋上几滴花椒油，再来点醋，味道酸酸甜甜，带点小辣。

那天，我们就着一瓶廉价白酒，喝着。

老艾知道我酒量不行。他给自己倒一满杯，给我倒小半杯。一杯酒喝得底朝天了，他又给自己倒上半杯，给我滴上两滴，那也算是加上了。

喝到小醉的时候，他的手就挥来挥去的，像赶苍蝇，嘴上也不利索起来了，像复读机那样重复嚷着："拆，拆个精光，拆他个乌龟王八蛋。"

再后来，他就提到吴妈了。他说，她是个可怜的女人，知道吗？

我没说话，给老艾倒了小半杯。他嫌少，又按着酒瓶倒满了。

人家说吴妈克夫，克死了自己的丈夫。她丈夫是个小包工头，专门给别人"种房子"。我很佩服那些发明词语的人，顾名思义，"种"的意思就是说像种菜、种树那样把房子栽在土里。单砖抹黄泥，只要做成房子的样子，就可能哄点拆迁款。

好多人靠这改变了一家人的命运呢。当然了，也有人为此搭上了性命。吴妈的丈夫就惨死在他种的房子里，房子还没盖好，墙就倒了。

我说，哎哟，我的天。

这人啦，你不了解就不知道人家的痛苦。老艾脖子一仰，杯子又见了底。

老艾接着讲。你说家里的顶梁柱没了，那还不是天都塌下来了。女人哪能没了男人呢。她能把家里收拾得干干净净，可赚不来钱啊。自己省吃俭用，也不够拉扯儿子成人啊……

吴妈最困难的时候，连物业费都缴不起。物业上门收费，她拿着扫把赶别人走。物业停她家的水。她就带着菜到别人公共卫生间洗菜、接水。

她是个武汉娘们儿，够泼辣。老艾嘴角挤出一丝微笑。物业找到我，要我解决问题。

这事可管可不管。管吧，也不好管；不管吧，好像又应该管。老艾衡量一番，最终答应先了解了解。

老艾去了吴妈家，他没提物业说的事儿，谎称做户口登记。吴妈也很配合，还给他倒了一杯水。这杯水是她盗取楼道消防栓里的水烧的。老艾只喝了一口就喝不下去了。这水一递到老艾手上，吴妈就开始哭诉了。老艾没办法，扯了个理由，选择走为上策。

老艾没走多远就不走了。问题的关键是吴妈家里确实太困难了，又没有收入怎么过日子？老艾又转身上了楼，敲开了吴妈家的门。

老艾问，会扫地吗？

我？哦，扫地，会。吴妈被老艾问得半天才反应过来，她手上正拿着扫把呢。

老艾说，那就好。这居委会差一个保洁员，你要是愿意的话，我给居委会说一声。

对于吴妈来说，只要能拿工资，把劳动换成钞票，这何止是雪中送炭哦。

事情就这么办成了。吴妈去居委会当保洁员，一个月五百块钱，早晚打扫一次。后来，老艾又把吴妈推荐到物业，让她管一片停车场，三天打扫一次，除了抵扣物业管理费以外，吴妈每月还可以从物业拿两百块钱。这扫地可是吴妈的拿手活儿。连附近环卫站的领导都看中了，吴妈很快被聘用了，基本工资一个月一千。虽然工作量加大了，可吴妈宁愿自己累一点，多拿点钱才好受啊。

吴妈就凭着手中的扫把供儿子自强念完了高中。自强大学没考取，自己也不愿读下去了，吴妈找到领导，想给他找个事做。领导皱着眉头打发了吴妈。吴妈后来想想也是，不能让儿子跟着自己受苦。好在自强从她那里遗传了不少吃苦基因，后来在成都一家快递公司找了个派送员的活。有人问起自强在哪里工作时，吴妈省去了"快递"两个字，只说在外地一家公司上班。别人又问，那忙不忙啊。吴妈会骄傲地说，哎呀，每天忙得不得了啊。不知情的同事连连夸奖自强这孩子有出息。这时，吴妈的脸上就会闪过一丝笑容。

老艾一喝就讲开了，还要接着喝。我没依他，只给他滴了一点，剩余的小半瓶被我拽在手里，他这才作罢。

他点燃一支火之舞，门口的保安也抽的那种烟。

烟雾被昏黄的灯光一照，泛出晨曦一般的色彩，老艾的脸上也闪着一丝特别的光亮。

他晃着脑袋，说，酒啊，其实是个好东西。喝了想法就不那么多了，睡一觉就又是一天。

那是，那是，但，今天咱不喝了。我心意已决般地紧握着那少半瓶酒。

老艾有些感动。好多年了，都没人劝他酒了。

趁着酒兴，我真想劝劝他，老哥，这酒啊，可以慢慢喝。

我不光想劝他少喝点酒。多喝两口少喝两口真不算个事儿。我倒是想劝劝他再找个女人，哪怕条件差一点，总得有个伴儿啊。

吴妈就挺合适。两人岁数差不多，脾气也合得来，在一起过个日子没问题呀。话在嘴边上转了几圈又被我抿回肚里去了。

　　再过几个月,这里就不再是这里了。老艾呼出老长一溜烟雾,比他"唉"一声都还长。

　　我问,吴妈真要离开吗?

　　烟雾消失了,老艾的脸色也暗了下来。他说,她儿子在成都,要娶媳妇。

　　我此时才明白吴妈为什么要到警务室找老艾,而恰巧老艾又不在警务室了。他们八成谈过是去是留这件事了。

　　老艾踩灭了烟头,端起杯子一饮而尽。他大手一挥,撤!

　　他喊撤了那就撤呗,我们一向如此。

四

　　睡了一晚,那句被我抿回肚里的话又反刍回来了。我想趁吴妈还没离开找她谈谈,说不定,我能做好这个媒呢。

　　刚好陈爹爹打电话说厨房的一块桃木砧板不见了。他一再强调这砧板在超市里根本就买不到。不用想,砧板肯定是找不回来了。但我还是答应一定尽力帮他找回来。但愿他知道"尽力"的含义吧。能怎么办?要是我偷的我一定还给他。

再往上一层就是吴妈家了。我借着手机的亮光，摸了上去。

她家的门是开着的，屋里空荡荡的，连门口的风水玄关都拆掉了。她斜靠在一把破旧的藤椅上，腿上搭着一件军大衣，仰着头想着什么。

我稳下了神，前脚迟迟疑疑地迈了进去。脚掌触地的声音还是惊扰了她。她转过身看着我，目光和她的脸一样消瘦。

唉……我听见她轻叹了一口气，双脚就迈不动了。

她掸了掸身旁木条靠椅上的灰，说，哦，小刘啊，快进来坐会儿吧。

我应了一声，走近了问她，您东西都收拾好了啊。

风轻易地从外面窜了进来，她咳嗽了好几声才停歇下来，说，是啊，早点收拾收拾，有些东西还能卖点钱，旧家具店的人都在趁火打劫啊。

我附和着说，对，那些人是掉钱眼里去了。

她摆摆手说，算了算了，房子都要拆了，留这些物件也没多大意思了。

我听出吴妈话里暗含的意思了。她真要离开这里了，变卖了所有家具，那自然是要离开此地了。

吴妈说，只能这么办了，房子拆了，也不图个啥了。拆迁款刚好够自强在成都付个首期。到时过去帮忙做做饭，洗洗衣服，等自强结了婚就不用再操心了。

她把日子已经规划到婆媳时代了。

我看了一眼吴妈。她的眼圈是红的。

风顺着她眼角的皱纹一扫而过。她眼底的湿气就不见了。我印象中她的眼睛常是这样湿润，却从没见她流过一滴眼泪。

吴妈突然问我，小刘啊，你说成都好还是武汉好啊？

我答不出来，真答不出来。谁都答不出来。

这问题压根就没答案。是比较两个城市的繁华吗？成都有地铁，武汉也有地铁。成都有宽窄巷子，武汉有楚河汉街啊。

都好，都不好。但我没有这么说。

我装着很向往的样子说，都不错啊，而且听说成都人很懂生活呢。

吴妈说，我去过成都，还是觉得武汉好。

我呵呵一笑，您这是住惯武汉了。

吴妈摇了摇头说，唉，这是命啊。

我的心突然被她"唉"得沉重起来了。命就是不能抗拒并且必须接受、面对的一种归宿。在分金街，又有多少人能够抗拒和坦然面对自己的命运呢？

显然，吴妈已经决心接受命运的安排了。她要去成都和儿子住在一起。或许，她的选择是对的，是幸福的。我这么想的时候，那些话也就讲不出口了。

吴妈从军大衣下翻出一本册子。我看清了，是本小影集。

我问，吴妈，这是影集吧。我简直就是没话找话说。

吴妈应了一声，是咧，家里搬空了，也没啥事儿，看看老照片有个念想。

我好奇地凑近了一点。大多是自强的照片，小学时的登记照，初中毕业照，也有现在的工作照。其中一张照片，不，确切地说，是从报纸上剪下来的一张图片。

我问，咦，这是什么时候照的。

吴妈说，这呀，是老艾……艾警官那时候帮我介绍工作，后来居委会请了记者，专门给我们拍了照，还上了晚报呢。居委会把这张报纸放在宣传栏里。后来，不知道怎么的，宣传栏的玻璃碎了，我扫地时就把报纸捡了回来。

吴妈细心地抚弄着照片上的折印。但折印总归还是折印，像皱纹怎么也抹不平。

我问，吴妈，您这一走，啥时候再回来啊。

吴妈似乎早已准备好说辞了，人这一辈子就停不下来啊，停下来就没用了。

我一时真没听懂她话里的意思。我下定决心说得直白了一点儿，吴妈，您这一走，老艾肯定舍不得。

唉，舍得舍不得，都舍得，都舍不得。人老了，没那么多讲究了。吴妈又叹了一口气。她保准猜到我要说什么了。

我瞬间被她这句富有哲理的话屈服了。是啊，舍得舍不得，又能如何？

吴妈说，小刘啊，有件事我想拜托你一下。

我说，您只管吩咐。

吴妈欲言又止，说，你要有空的话，注意下艾警官家里后面的窗户。

我不解地问，窗户？有人偷东西吗？

吴妈嘴角抖了抖，说，也不是，你有空注意下或者告诉他一声也行。

我不知道吴妈说的是什么意思，反正注意一下，也不费多大的事儿。我就答应了。回头我告诉老艾不就得了。

我离开吴妈家里没几天，她就走了，去了成都。

过得怎么样我和老艾都不知道。她是没有手机的，除非她打电话来主动告诉我们这些。

五

吴妈走了，挖掘机大军就到了。

那些巨大的铁钎子在墙面上"哒哒"地钻了半个多月。粉白的墙体在轰鸣声中一个个倒去，摔成了水泥块子。一些拾荒的人卖力地轮着四方锤，在飞扬的尘土中寻找着手指粗细的钢筋。把该扒的都扒了，筋也抽了，地上满是房子的尸体。房子彻底死了，死得灰飞烟灭。

一伙人又用一人高的围栏把工地挡得严严实实的。没多久，埋头路过的人多了起来。围栏里面仿佛什么都没有发生。

一切归于平静。阳光被风吹了过来，倾洒在老街的地砖上。

我和老艾就着金灿灿的阳光，把警务室的窗台、门廊抹了一遍又一遍。室内的文书资料也全部盘点一番，分门别类地贴上了标签，码放得整整齐齐。

老艾细心地给他那盆吊兰浇水、松土。等他抬头，这才发现教导员正虚眯着眼望着他。

过两天有领导来检查指导工作，要开座谈会。教导员是来打前站的。

教导员用指尖摸了摸窗台，玻璃，门廊。

还是有灰。他说完，捻了捻指头，又补了一句，打扫要彻底一点，不行，请专门的人来搞。老艾递上一支烟，但没给他点火。凭什么给他点火，老艾比教导员的年纪要大上一轮呢。

火机"嘭吱"一声，两人的烟都点着了。老艾扬了扬手上的烟说，工地才消停，要不然的话，我们早就打扫了。教导员嘿嘿一笑，我们老艾同志的觉悟还是蛮高的，但是，灰越大，我们越是要注意卫生。

我们防火防盗，防得住灰吗？我轻哼了一声。

教导员的眼珠滑向那盆吊兰，像沙漠里见到了绿洲，放着幽光。他指着叶子说，看看，就要像这叶子一样干净。

看了一会，教导员似乎又看出了什么名堂。他说，老艾，你这草养得不对，叶子尖怎么是黄的。

老艾没好气地说，都给这灰害的，就那样，长不好。

教导员从鼻腔里喷出长长两管子烟雾，又轻易地把话题转回清洁卫生上来了，唠唠叨叨地继续强调着重要性。

我嘀咕着：教导员同志，要不要用手指抠抠我们的鼻孔，里面的灰多着呢。

老艾的表情告诉我，他也是不屑的。

教导员继续着他的预演，开口就起了高调子。单看他的表情和手势，还以为大会已经开始了呢。可惜，我五音不全，老艾更是如此。教导员的调子高得我们没法接。他说，这既是季度总结会，也是下步工作的展望会，领导专门到警务室来检查指导，是对你们辛苦工作的极大肯定。

我只听进去了"辛苦"两个字。

老艾的发言稿中有一堆数据证明我们的辛苦。发言稿是经过办公室和政治处两大部门把了关的。

开会那天，老艾的发言被安排在第一个。还没开始发言，他就猛喝水。轮到他发言的时候，他去了厕所。主持人没办法，只好多说了两句拖延时间。

正说着，老艾急急忙忙地进来了。

老艾坐在我对面，发言的时候除了看稿眼睛就盯着我，别的人像不认识一样。他用普通话念了一段，可能看见我抿嘴笑了一下，也可能听见有人在小声议论什么。他干咳了一声后，又改成了武汉话。这一改，立即就有人笑出声来了。

老艾连连解释说，普通话讲不好，请大家见谅。

我和别人笑得可不一样。别人笑得人仰马翻，眼泪横飞。我的眼睛瞪成了机枪眼那样大小，扫视着每一个那样笑的人。

老艾的脸在笑声中红成了一团。他不自觉地伸手去抓水杯，手还在发抖，便放弃了。他清了清嗓子，放下发言稿。

我的手心冒出了汗，喉咙也开始发干。为他着急。

老艾的脸上像落了一层水泥灰，但声音洪亮了起来：不管怎么样说，做该做的事，做对的事，那就是我们该做的事。谢谢大家，发言完毕。

他省去了很大两段话。我是知道的，办公室和政治处的同志也知道。

后来有人说老艾，照着稿子念都不会。也有人说，老艾讲得经典啊。当然了，他"此处省略一万字"的潇洒样受到了教导员的严厉批评。

　　教导员是打电话来说的：叫你发个言这么艰难？做了那么多事，抓获了那多盗窃、吸毒的，我们的上门调解，服务，真是急死个人。

　　教导员越讲越激动。他要是知道老艾把电话开着免提，他会跳脚的。老艾夹着烟，慢慢吸慢慢吐，时不时"嗯"一声应付了事。

　　电话终于知趣地停止了工作。我笑得直拍桌子，老艾，真有你的。

　　老艾鼻子里哼了一声，说，没大没小的，以为当个"教导玩"就不得了了，他参加工作的时候还是我教他玩呢。

　　我说，他要说就让他说呗，左耳进右耳出不就完了。

　　老艾说，发什么言，我只有前列腺发炎。

　　我没应他，只是乐呵着。我们又闲聊了几句，老艾一看表，说，都六点了，管他什么事哦，走，喝酒去。我请客。

　　我知道老艾心里是憋了一肚子火的。也许只有喝上那么两口酒，他才能忘掉一切不快与不幸。

　　那次，我们的菜上得慢了一些，先前的老板因为拆迁不做了。我们闲着无聊讨论起了喝酒。

　　开始还以为你喝酒是装的。

　　后来呢，咋看出我不会喝酒了？

酒品如人品，你喝酒肯定不会装。

老艾的理论是有酒的杯子才算是酒杯，杯子离开了酒就是另外一种杯子了，或是水杯，空杯。他手里的杯子才是真正的酒杯。

他边嚼着花生米边说，你太书生气，要喝点酒练练胆。他端起酒杯和我碰，我只喝了一小口。好辣，我嘴巴上火，起了泡。我解释说。老艾说，那不是说鬼话，酒不辣那还是酒。他一扬脖子，半杯酒乖乖地进了肚子。

他叉了一根凉拌黄瓜，把蒜汁吸得吱吱响。吸溜的间隙从牙缝里挤出一句，你们这代人，吃的苦不够。

酒喝完了，见他走路有些摇晃，我要送他回去。他不让我送，推我先走，我只好顺了他的意思。

我走了一小段，不放心，转身往回走找他。

我在停车场发现了老艾那台破富康。我拍了拍车窗，老艾开了门。

老艾打了一个哈欠，说，怎么回来了。我说，不放心，你喝了酒千万别开车，那可要不得。老艾说，放心，我有点困，在车上躺一下而已。

收音机里正播着卖壮阳大补丸的节目。老艾搓了搓脸，脖子左一下右一下，咯噔一声，清醒了些。他有些不好意思起来，说，听听这节目，尽瞎掰。我笑而不答。

我们下了车。没走两步,我踩到一只塑料碗,汤汁冲进了我的棉袜,有些凉。

哦,这片停车场的卫生以前是吴妈负责的。她要是在,或许我就不会踩到那只碗了。她过得好吗?

对了,老哥,上次吴妈给我说,要你注意你家的后窗户。

哦?哦。老艾用了同一个语气词,声调不一样。

他让我先走。

走了几米远,我回头一看,一个笔直的黑影还愣在停车场里。

唉,说不定老艾也想起吴妈了。

六

一大早,陈嫂和凉风一起溜进了警务室。我抬头看见她的时候,她已经立在老艾的面前了。

她大口喘着气说,啊呀,这小偷,真是不得了。

老艾忙问,发生什么事了,什么样个不得了了。

陈嫂又"啊呀"一声说,艾警官,小偷把我家窗户撬了,伸进来一个钓鱼竿,真的是钓鱼竿啊。

她继续喘着粗气，比画着她看见的那根钓鱼竿。

老艾招呼她坐下慢慢说。

陈嫂捂着起伏的胸口，长呼一口气，说，啊呀，吓死我了。我还在想，怎么家里会有个钓鱼竿呢，结果搭在椅子上的衣服就被钓走了。

老艾说，还有没有其他东西被偷了。

昨天晚上，我，刚洗完澡，只穿着睡衣呢，别的东西，就是换下来的内衣也被钓走了。

陈嫂的脸上红光一现，露出一丝娇羞来。

我一言不发地认真做着登记。老艾起身给陈嫂倒上一杯水。她接过润了一下嗓子，神神秘秘地说，你们说这小偷是不是变态啊，我听说有变态男人专门偷女人的衣服呢，好变态是不是，我给碰上了。

说完又"啊呀"起来了。老艾故作严肃地说，以后啊，你得老老实实地待在家里了，你出来这么一走，小偷不来，变态色魔倒吸引过来了，那可不得了。

陈嫂笑得胸口又起伏起来了，仿佛她来这里就是为了得到老艾这么一说，然后扭着水桶腰走了。

我合上登记本，给自己倒上一杯水。老艾把脸埋在烟雾里，不吭声。我回过头问他，咦，这陈嫂一走，咋给丢了魂似的。老艾的表情告诉我，我不该开这个玩笑。他说，瞎扯！给我倒杯水来。我们两人这样闹惯了，他不这样和我说话，我还担心他是不是记心上去了呢。水给他倒好了。他说，这是典型的钓鱼盗窃。老艾这么一说，我才回过神来。以前我也接触过类似的案子。老艾翻了翻登记本，说，你看啊，上个月，李来胜家不见了外套、手机、钱包。这很可能也是被钓走了。

老艾像在翻看一本故事书，越翻越有精神，像年轻了好几岁。最后，他合上登记本，扔给我一支烟。他自己先点上了，又把火机扔给我。他知道我很少抽烟，属于没烟没火机的三等烟民。

老艾说，辛苦几晚上吧，把联防队的都搞来，守几晚上。

事情就这么定了。我和老艾各带三名联防队员。我从东头往西巡，他从西头往东巡。

正如老艾预言的那样，我们很辛苦了几晚上。联防队员的牢骚话也多了起来。老艾为了稳定军心，许诺他们，加班一晚上补贴五十元，抓住一个奖励五百，抓获一伙奖励一千。

说来也巧，就在老艾宣布重赏的当天晚上，他带的那队人马抓住了三个"钓鱼"的人。人赃俱获，盗窃男士夹克一件，价值人民币二百元。衣服的主人是张仁志，街坊邻居都喊他张傻子。这回他一点都不傻。他在自家窗户下面设了一道机关呢。

张仁志得意地拎着一串空啤酒罐子，上下抖，左右甩，罐子欢快地发出哐当哐当的响声。他说，看看，我发明的，就这玩意儿帮你们抓到了贼。老艾说，你这算聪明了一回啊，有几个空罐子我就私人给你买几罐啤酒。张仨志毫不客气地细数了起来。老艾见状，大手一挥，说，不用数了，搞一整件，够意思。张仨志拎着他的发明高兴地回家等奖励去了，空罐子也跟在他身后哐当哐当地炫耀起来。

张仨志的啤酒兑现了，联防队员的奖励也兑现了。老艾的脸色却很难看。我知道他脸色为什么这么难看。教导员非要亲自到我们这个小小的警务室给联防队员搞一个奖励仪式。我严重怀疑他是讲话上瘾。他拿着装有案件奖励费的信封在手上呼扇着。

他继续呼扇着，就是不发。发了钱这帮人谁还规规矩矩地站着听他啰唆。

我和老艾象征性地听了一会儿就出去了。警务室对面现在已经是另外一番景象了。水泥柱子如雨后春笋般从那片空地上冒了出来，各种机器没有一个不在卖力地咆哮。

机器毕竟是机器，没有魂魄，也有累倒的时候吧。我这样想着的时候，教导员也出来了。他说了句什么我没听清楚。我说，声音太吵。老艾听见我说的话了，也跟着说，声音太吵。教导员摇了摇头，指了指我和老艾，然后走了。

我和老艾相视一笑，进了屋。

屋里充斥着各种噪音，比起对付教导员的讲话要难多了。

我想尽了一切办法对抗工地上乘虚而入的轰鸣声。关上门窗，不行，拉上窗帘，好歹多一层阻隔吧，没用。我戴上耳机，把耳朵塞到疼，那些声音还在。罢了，机器也有机器的难处啊，有人逼着劳作，它能不怒吼吗？

我就此得出一条结论：在没有水泥和钢铁之前，就没有城市。

老艾笑得要抽起来了。

我告诉你，只要有人就会有城市。

我老家就不是城市。

人多了就是城市，这是标志和区别。

听老艾这么一说，我好像明白过来了。是啊，有人就会有各种各样的需求和想法，就会发明水泥和钢铁。城是人的城，是满足人的各种需求和想法的城。

老艾不理会我的这些唠叨。他忙着拿小喷壶给他那盆吊兰浇水。细细的水珠从茎叶慢慢滑到了根部，再浸入泥土。老艾突然兴奋地说，快来看，吊兰要开花了。我凑过去一看，确有一枝花骨朵。老艾举起花盆，说，来，看看还有没有。我打了一个哈欠，瞅了两眼，摇摇头说，真没有。

老艾有些失望，把花盆移到窗台。这下，可以照见阳光了。他又转身叮嘱我说，开窗户一定要小心点，别摔了花盆。

我说，放心吧，这么吵，叫开窗户我也不会的。

他嘿嘿一笑，甩着膀子出去了。他一走，我的脑袋又空了起来。

这人啊，脑子就不能空着，一空各种噪音就来了，那些机器就像在大脑里施工，从你的大脑往下挖，挖到你的心，你的肺。

正胡思乱想着，老艾的手机响了，他忘带了。手机闪着白光，把桌面震得呜呜响。我没打算管它。就这么响了一阵子，手机又响了。依我的判断这应该不属于骚扰电话。我走过去，关了铃声，手机在手里发抖。

等到手机老老实实地不动了，我才把它放回原处。刚放下，我的手机响了，是同一个电话号码打过来的。

我接了。

哎呀，是吴妈您啊，真是太惊喜了，怎么样啊，在成都。

好啊，好，不错呢。我打电话来，是给你和艾警官报个喜，自强他结婚啦，儿媳也长得漂亮咧。

嘿哟，看把您给乐的，那可是大喜事啊，您就等着抱孙子吧。

那还早呢，他们这年轻人啊，不急，恐怕还得一两年呢。

哦，那也是啊，年轻人想法多，那你抽空回武汉看看呗。

我现在每天帮他们做做家务，习惯了，哪天不做身上就没劲儿。对了，艾警官还好吧。

吴妈是专门问候老艾的。

老艾过得好不好，这个问题真不好回答。就像电视台找个路人问你幸不幸福是一样的，幸福吗，不幸福，好像又有点幸福，好像又不幸福。

我只好说，他呀，还是忙，老样子呢。

吴妈说，他家的姑娘怎么样啊，最近有没有犯病啊，哎哟，他这咋办哦。

是啊，老艾咋办哦。我真不知道，也回答不上来。

吴妈在电话那头咳嗽了起来。

我忙问，要不您先回家歇着吧。

吴妈没有理会，她有好多话要和我聊。她打个电话也不容易。我也不再劝她了。她继续和我聊老艾的女儿。

那些年，老艾带着娃娃跑遍了大小医院，也没看出个啥结果来。娃娃是个好娃娃，收拾干净了，也是个俊姑娘，哎，老天爷真是没长眼啊。

吴妈，这些年，真是多亏您帮忙照顾了。

我又没别的本事，做做家务，这都是顺手的事。

吴妈，不瞒您说，老艾家里的事情，他不愿意说，我也不好问呀。

他呀，我说实话吧，别的什么都好，就是有点好面子。

老艾确实有点好面子，是不是本地人，是不是有正当职业，对于他来说，这可是个正经事呢。话说得难听一点儿，这不是城里人的通病吗？条件好的就不愿找条件差的，条件差的就想着找条件好的。就我老婆的话来说，我要是没个正当职业，她打死都不会嫁给我的。现在还叫女人嫁鸡随鸡嫁狗随狗，那简直是做梦。

做梦，我一直在做梦。城市的房子都是高高的，连路也架得高高的，人人都高高在上，能不做梦吗？

我真庆幸当初没把话挑明，要不然，吴妈多尴尬。说不定，她连这通电话都不会打了。

那天吴妈给我聊了很多，关于老艾和他女儿，她和他女儿，还有她和老艾的事。

我做过一番假设。如果当初老艾只是付钱请吴妈照顾他女儿，而吴妈也能心安理得地接过劳务费，这何尝不是一件好事。可时间长了，吴妈不好意思接老艾的钱了，她说把钱省着给娃儿看病。老艾能说什么呢，心里感激，感动啊，如今还有谁这么扒心扒肝地对你好啊。问题就出在这了，吴妈长期免费帮忙，风言风语也多了起来，老艾又觉得难为情了，说白了，也就一张脸面的问题。

毕竟，吴妈有吴妈的生活，老艾有老艾的生活。而我，我有我的生活。

奔 / 逃 / 的 / 月 / 光

七

我这个人有个臭毛病，喜欢一个假设接着一个假设，生出无数个如果来，把自己逼到死角，又假设回来。

你的病又犯了。老艾终于忍不住这样说了我一句。

我有好长一段时间不知道如何跟老艾讲话了。我生怕哪句话刺激到他，生怕工作上的事让他多操了心。老艾天天绷着脸，像尊石雕。

起初，我只是望着他忙碌的身影哀叹两句。他是在借忙消愁，可他一忙，谁照顾他可怜的女儿啊。

他可能意识到我的一些变化了，也时常愣愣地望我一眼。

除了不敢给他那盆吊兰浇水以外，其余的事我都默不作声地抢着干了。

也不知道怎么回事，老艾的那盆吊兰就像天气一样，时好时坏，好的时候叶子葱葱绿绿的，不好的时候就黄不拉几地耷拉着。

老艾时常会皱着眉头，喃喃自语，哎，你倒是好起来啊。

我假装没听见。听着我心里难受呀。我真想告诉他,老哥,你的事我都知道了。你别不好意思,你对我这么好,有啥事我也帮你扛一扛,别一个人撑着啊。

我想到了请他喝酒,酒桌上啥都能说,大事当小事说,小事也可以当大事说。他有些犹豫,说可能晚上有点儿事。我又真怕他有事。他能没有事吗,他姑娘谁照顾?就凭这一条,我也只好说那就改天吧。

他没坚持,我也不再坚持。

等等吧,再等等,有机会我一定好好和他聊聊。

夏天刚过完,我们的关系就降到了冰点。我们开始像陌生人那样寒暄,客客气气的,正襟危坐着。

一天,我要去东头老肖家送户口本。老艾说,刚好,我也要去那边。

我琢磨着兴许这是个好机会。路上可以聊聊喝酒的事,然后发发牢骚,说说教导员的坏话,如此多好。

我们两人在路上走着,却怎么也走不到一个步调上去。

我说,老哥,你最近看起来有些憔悴啊。

他鼻子里"嗯"一声,然后停了几秒才张嘴说,是啊。

弄得我完全没法往下接话呀。

我们前面有一群追逐打闹的孩子。我找话说,看,现在的孩子真够调皮的。老艾点了点头,说,可不是,像我那个年代吃不饱，哪有气力撒野。

　　我想借机问问他姑娘，兴许还有机会劝他找个女人，哪怕为孩子也应该找一个。可我们的对话就到此为止了。

　　事情突然之间就发生了转变。一个大一点的孩子在花坛里抠摸半天，冷不丁地朝一个姑娘身上扔了一块土，姑娘吓得"哇"一声捂住了脸。其他孩子一看，劲头上来了，一双双小手忙着伸进花坛，摸出些大大小小的土块，有的扔出去就粉成了灰，觉得不过瘾，又转身在花坛里摸，一边扔一边喊：打猪哦，打猪哦。

　　住手！都给我住手！

　　老艾的身影几乎和他的声音同时追上了孩子。孩子们都止住了吵闹，只剩那个被扔泥块的姑娘呜呜地抽泣着。

　　老艾走过去心疼地拍掉姑娘身上的泥土，问，不碍事儿吧，好了，别哭了，别怕，别怕。

　　其余的孩子继续围着，兴致丝毫未减，他们要看看这个呵斥他们的人到底要干什么。

　　老艾挥着手，赶他们走，嗓子都走了调地吼着，小崽子，都给我滚蛋，没有教养的东西，都快给我滚蛋。

　　声音却像兴奋剂一样鼓动了那群孩子，他们开始起哄，翻着白眼，怪叫着。

　　那一刻，他们压根就不是孩子。

我气愤地说，你们是哪个学校的，找你们老师去。

老头老头真蠢蛋，女人跟了别人坏，生个姑娘是蠢蛋……

这群孩子扔下几句顺口溜，跑了，连个影子都没留下。

我大致听明白了顺口溜的意思，老头肯定是指老艾了，姑娘肯定是眼前的这位姑娘了。

我束手无策地站在老艾背后。

老艾什么话也没说，牵着姑娘的手往回走去。我想喊他，喉咙却不听使唤，心扑通扑通地跳得厉害。

我没有拦他，让他去吧。让他赶紧回到家，关上门，哪怕哭，哪怕放声大骂，怎么样都行。

我继续往前走去，像被谁抽了魂似的走去，眼睛被风吹得润润的。

沿街有人向我打招呼，我只是含糊地"嗯"一声。直到有人说王家的那姑娘又跑出来了，我这才停下步子，赶紧问，你说什么，刚才那姑娘是王家的？那人说，是啊，王家的傻姑娘。我说，怎么说别人傻呢。那人说，是傻，生下来就傻子了。现在大了每天被拴在屋里呢，今儿个咋跑出来了。

我长舒一口气，庆幸那位姑娘不姓艾，心里竟然有了一丝宽慰。转念一想，老艾的女儿会不会也被一条铁链拴着，要不拴着，跑出来或者发生什么意外？

我像吸尽了整个天空的雾霾，胸口堵得喘不过气来。

办完正事，我转身去了附近的一个临湖公园，吐气。

不远处，老者在钓鱼，碰巧鱼儿上钩了。老者快速转动着轴线，一条鱼极不情愿地被扯出了水面，在空中一抖一闪地扭摆着。老者伸手抓住了它，又随手把它丢在一只没有水的塑料袋里。鱼儿在袋子里进行着最后的舞蹈，把袋子摇晃得呼啦啦响。老者看也没看一眼地又唰的一声将鱼线抛向湖中。

公园的石凳子上有一群人在那里吹牛胡侃。

他们都在争先恐后地证明着自己，比别人穿得好吃得好，比别人拥有的多占有的多，比别人有钱，比别人活得潇洒、风光。

呵呵，就是没人愿意把自己当成一把野草。也是，野草多卑微，会被羊吃、被猪吃。我已经习惯轻轻地"呵"上一声了，止痛呢。

我像世上仅存的智者，静静地坐着，听那帮子人胡言乱语。有一个明显被别人侃得落了下风的人，突然站起身，"嘿嘿"两声，脸色跟着诡异起来，眼睛都放着光。有人说，你嘿个鬼！他骂起来，你晓得么事，闹眼子吹牛行，

我给你们说个事，保证你们鼻子淌血，嘴里流涎……

一些人不以为然。他不理会，又提高了音量："就是那个爱管闲事的伙计老艾，他有个傻姑娘……"

说到这，他眼珠骨碌一转，众人竟被他夸张的表情吸引了过来。他又"嘿嘿"一笑："谁晓得那个老男人会做出什么事儿来，你们说是不是？"

这句话像一阵凉风灌进了他们的嘴巴，猛然都住了嘴。随后又哈哈大笑起来，笑得湖水也一浪高似一浪。

我的脑袋嗡嗡作响，身子在风中发抖。湖水卷着浪扑向岸边，散成了一张网。

八

隔天，我忍不住给我老婆说了。

她穿着新买的牛仔裤，非要扭给我看。我扫了一眼，说，还行。她没好气地说，叫你看看，就敷衍了事，看你操心别人的事还蛮上心嘛。我说，哪里敷衍了？你能认真听我把话讲完吗？我连续发出了两个反问，她愣了一下，说，那你说。我说，那是我亲耳听到的，听到心里难受。老婆说，哎呀，你难受个什么，老艾能怎么办呢，毕竟是个傻丫头，生活并不方便……你真是咸吃萝卜淡操心。我说，他是在尽父亲的责任，可是，你不觉得这是多么的悲哀吗。老婆有些不耐烦地说，悲哀，悲哀，这个世界哪个不悲哀。男人不悲哀，女人不悲哀，你们警察不悲哀……

我气得不说话了，把水龙头拧到最大，水"唰"的一下溅出来了。

老婆说，喂，叫你洗个菜不耐烦了是吧。

我没理她，把水关小了，接着洗。也不是妥协，确实水开大了会溅湿衣服。

她开始自言自语起来，我们同事去过好几次九寨沟了，那个地方美得让人无法呼吸。我顶了她一句，让人无法呼吸那是谋杀。她立即拔高音调，说了你也不懂，真是给你过得冇得品位。她嗓门里像装着喇叭，只要旋动按钮，音量想多大就有多大。我甩干蒜苗上的水，理顺按在砧板上切成了小段。

她还在念叨。

我把菜刀耍得梆梆响，姜葱也切好了。

你的脚又没长在我脚上，我不走未必你就走不了了。我只敢在心里这么嘀咕着。

锅里的油已经冒着小泡了。我把葱姜蒜椒一起倒进了锅里，"啪嘶"一声，香气腾了起来。

我兜里的手机响了。

老婆的手滑溜一下就伸了进去。是老艾的电话，她问我，接不接。

接，肯定接。顺便问他吃饭了没有。我把鱼倒进油锅。

老婆喂了一声就不喂了。她一脸疑惑，还有些惶恐。你接，不晓得那边在搞什么事，他说叫你快去。

我把锅铲交给老婆。手在围腰子上揩了一下，接过电话，喂，老哥，喂？

老子搞死你……搞死你个下三烂的……

我听出是老艾的声音。声音发着颤。

有本事，过来啊。另一个凶狠的声音扑向了老艾。

可能发生大事了。我说。

他说叫你赶紧去他那里。别的没说。她说话的时候已经开始拿鱼出气了。

顾不上制止她，我说，我去一下。

晚饭都没有做，又跑出去！她又铲了一下，鱼头断了。

如果有时间，我非得认认真真地和她大吵一架。一个女人家，你那么凶巴巴地干什么？你是武汉人就了不起，就可以不用做饭，就可以把鱼给我铲个稀巴烂？

我猜得出，在门发出哐当一声之后，那条鱼肯定会落得更惨的下场。我没空理会这些。我不能再当时间的马后炮了。老艾出事了，肯定出事了，难不成他发现了窗户后面的眼睛？那得多大的愤怒才能挽回一个父亲的颜面。他得操起棍子狠狠地揍向他们，将他们制服，绳之以法……也说不准，老艾挥舞着菜刀，砍死那些下三烂……警察怎么能拿刀砍人呢，就算别人偷看你女儿洗澡，你也不能砍人啊，千万别砍人啊，你是警察啊。就算教导员不说，那法律上也有明文规定的呀。

事实上，老艾早多天前就怀疑卫生间的窗户为什么关不严实了。有人在窗户上做了手脚，窗户的卡槽里被人打了胶，无论怎么关都会留下一条缝……

原先老艾手上是有"武器"的。他操起拖把出门就追，一下都没打着人，还被别人抢了去。别人咔嚓一声，拖把的下半截就没有了，立即变成了称手的棍子，挥舞起来呼呼响。

那天的月亮闪着宝剑一样的寒光。我看见三个人把老艾逼到墙角了，也不能说是逼吧。那三个人要想撤出战斗也不是那么容易的。老艾就算赤手空拳，咬也咬他们一口。

我大喊一声，搞邪了，把棍子放下。

老艾一听是我的声音，立刻展开了新一轮的冲锋。他一头撞在一个人的肚子上，那人连退了好几步，没有倒。

老艾一个趔趄趴在地上。

他们有一个人说，走，快跑。老艾伸手兜住最近的一只腿，那人也应声倒地。拿棍子的那人就猛打老艾的胳膊。老艾死活不松手。

我撸起衣袖才发现自己也是两手空空。我脱下外套，拧成一股，像一个剑士冲向他们。另一个人撒腿就跑。我哪能轻易地让他跑呢。我是警察啊，我要抓住他，为老艾伸张正义。衣服丢了出去，连毛都没挨着他。我的脚随后踢着他的屁股。他摔了一个狗吃屎。我熟练地做了一套规范的动作，不许动，警察！说实话，我说这句话干什么啊。我又不是在抓杀人犯，我手上又不是有枪。我以为就此要收场了，以我们正义方胜利而告终了。我的后背结结实实地挨了好几棍子，最主要的是头上也挨了棍子。我啊呀都来不及，啥都是明晃晃的。

老艾爬起来了，可能手里摸到了一块地砖，他像一头咆哮的狮子扑了上去，嘴里喊着老子跟你拼了。他是砸中了人。那个人满嘴哎哟、哎哟地逃走了。三个人都逃走了。舞台谢幕了，只剩下我和老艾两个人。他扶起我，我疼得嗷嗷叫，起不来。他说，兄弟，你咋啦，伤着哪儿啦。我不知道我说的啥，只喊疼。疼得要死了。

老艾急了，眼泪吧嗒一声掉我脸上了，热乎乎地滑溜一下又变凉了。

老艾抱着我往车上走去。后来的事，我记不太清楚了。

奔/逃/的/月/光

九

月亮还在云层里翻腾的时候,窗帘就被查房的护士"呼啦"一下拉上了。

我自然没有搭理她。她也不需要我搭理,报完体温就走了。住院第一天我就对这群极度负责的护士不满。我说的可不是反话,她们真的很负责。每天一大早窗帘就被"呼啦"一下给拉开了,白花花的光照得我眼睛都睁不开。到了晚上又"呼啦"一下全给拉上了。仿佛白天黑夜由着她们掌控似的。我也试图阻止过。她们不听,还非常委屈地向我解释说,护士长看见了要扣分的。

算了,无所谓了。我也懒得提了。反正月亮也不争气,我还指望它把乌云照得亮堂堂的游丝般逃窜呢。但它好像根本就不知道自己应该在哪儿,忘记了自己的职责一样,只是作为一种存在而存在罢了。

病了嘛,自己跟自己唠叨,总不能这么直挺挺地躺个把月吧。像我现在也只能这样了,腰椎骨折,严重着呢,好在瘫痪不了。我啥都给医生说了。骨折的原因也说了，医生没信。不奇怪，我没说实话。当然，这都是后话。

那天老艾送我到医院的时候，我"哎哟"了一路，到后来哎哟也不起效了。老艾边开车边喊，老弟坚持下，是老哥害了你，你一定要没事啊。能有什么事儿？我刚刚闪过这个念头，脑袋就嗡的一下，一切变得模模糊糊了。老艾见我没搭话，他大喊着，兄弟，你哼唧一下啊。我还是没哼唧，只看见车窗外明晃晃的月亮在奔跑。

那光一直跟进了医院，后来我躺下了还在头顶上明晃晃地亮着呢。看着看着，浑身就感觉不到疼了，竟然无所顾忌地睡着了。还做了梦，梦见我生病了躺在病床上。我还乐呵着，生病了就可以休息了。终于可以休息了。

再等我感觉到疼的时候，又疼得让人受不了。脑袋轻飘飘的，像塞满了棉花。

他醒了。有人像宣布命令一样，我立即就醒了。

声音是从一面蓝色口罩后面发出来的。再晚一些的时候，我被送到了针灸病房。那有一堆熟人等着我。老艾最先说了一句，老弟呀，你可是醒了。接着，我老婆迎了上来，她的眼睛被泪水装饰得比任何时候都好看，嘴里还想说句什么，嘴唇抖了半天就是没声音，反倒把眼泪抖了下来。老艾说，哎呀，醒了就好，醒了就好，把人吓死了。有人一说话，我老婆的眼泪就收了回去，眼睛里慢慢冒出火来了。怪我呗，怪我把自己搞成这样子。我不得不把目光转向其他人，有人正巧摘下了口罩，我认出是柳青青，惊得张大了嘴巴。

怎么会是你呢。我差点说出口，但啥都没说。她可能是故意摘掉口罩的。我们仅仅对视了一眼，她就跳开了目光。

好了，让病人在病房好好休息。她像指挥官一样发号施令。

我老公怎么样？严重吗？老婆追着问。

一两句话说不清楚，回头会详细告知你们的。她把话一撂就走了，还有比我更严重的病人在等着她。

那天真是糟糕透了，真的。我醒来越想越屈辱，那真是一场彻彻底底的败仗啊。

我绝不能告诉任何人，这是我和老艾之间的秘密。我自愿保守这个秘密。老艾对我好，是我该对他好一回的时候了。

我不小心摔的，真的，从二楼，不，是从三楼摔下来的。我对所有人都撒了谎。为了能描述得更危险一点，我把我们二层楼高的警务室说成了三楼。

这话根本就蒙不住我老婆。她知道我是接了老艾的电话冲出门的，然后手机打不通，一晚上没回家，第二天见到我的时候，我就直挺挺地躺医院了。她能信吗？她的眼睛瞪得床单都要着火了。

哎，这大的人了，怎么会摔成这样呢？她是说给别人听的。

我没作声，老艾看了我一眼也没说话。她便把目光盯在老艾结了血痂的脸上。她的意思很明显，你不说总得有人要说吧。她显然是指望老艾主动交代昨晚发生的事。

我说，是摔的，人倒霉了马蹄窝的水都能淹死人。

哼，好大的马蹄窝！家里一堆事情，你把自己搞成这个样子，我还要照顾你，家里的娃娃怎么办，老人怎么办？她根本就不关注我的解释。她地道的武汉话又拔高了一个音调。

我真想用蹩脚的武汉话回她几句：办个锤子！办个呵欠！

老艾快速扫了我一眼，嘴巴动了动。我赶紧对老艾使眼色。他的脸"唰"的一下红了，像喝了斤把酒。老艾肯定认为我们夫妻是在吵架。其实不是，这是她的常态。在我们家，她主内又主外，当"总统"还要兼"总理"。刚结婚那几年，我妈逢人就夸，还对我说，呀，你就知足吧，找老婆就找她这样的。我笑笑说，我保证还能找到比她更好的。我妈立即就骂，你要敢胡来，就别认我这个妈了。时间一长，我妈也不再像之前那样夸她儿媳妇了，在外人面前又开始夸我，说我体贴人，顾家。有时发现我有点小情绪了，我妈私下就劝我说，男人无论怎样都要让着点女人。我妈的意思我懂，我一个小地方的人娶个大城市的姑娘，还不用操心买房，那是捡了便宜了。就为我妈所说的这个不小的便宜，我会把很多想法烂在肚子里，哪怕会憋死自己，也要憋着。

老艾用手拢完头发后，手就不知道放哪儿合适了。他憋了半天说，弟妹，对不起，真对不起……医院的事就交给我吧。

老艾可能意会到我递给他的眼色了。就算没有领会，他能怎么说呢？难道说，他是帮我打架受伤的。我老婆肯定会质问他，你也是警察，打架喊我老公搞什么。他又能怎么解释呢，未必说，有流氓偷看我女儿洗澡，我就冲出来，结果寡不敌众，所以就喊你老公了。如果他这么说，那就算是点燃导火线了。我老婆这个炸药包会把我们炸翻天的。

我老婆没有立即接话，她知道我和老艾的事情没有那么简单。她过了一会儿就变回了正常的武汉腔调，客气地说，这哪能让您来照顾他呢，他是个马虎的人，我不经常给他唠叨唠叨，他长不了记性。

她就这样，不管别人舒不舒服，反正该说的非得说。

我挺佩服她这一点的。我想学都学不来。我老把事情憋在肚里，都憋成毒药了，这次要是不死，也会毒发身亡的。

奔逃的月光

十

在我稍微能够活动的时候，我做的第一件事就是把网名改成了"没落贵族"。我总该反抗一下才好，得有人知道我是不服这口气的。

你怎么变成没落贵族了呢？我的眼球被一个女人的声音引了过去。

眼前的女人是我的主治医生柳青青，我的初恋女友。

她用接近于嘲笑的口吻说，你以前不是叫转世情人吗？

我试着动了动身子，腰上绑着夹板。我很快就不再动了。她嘴角挂着一丝笑意，还忽闪了一下她那双大眼睛，似乎说，你动嘛，有本事你动起来让我看看。她当然知道她亲手打造的"机器人"是动不了的。

你可能伴有轻微的脑震荡，具体情况还要等检查结果。她说这句话的时候，温柔多了。

哦，谢谢。我好像只能这么说。

算起来，我们分手好几年了。要不是她那么急切地把我带到她妈面前，或许她就是我老婆了。她妈见面就问了一堆问题，我被问得气都喘不过来，连柳青青也插不上话。她只能一个劲儿地撒娇说人家是我们系的大才子，工作绝对没问题。她妈没好气地说，八字还没一撇呢，以后还有房子、车子……怪就怪柳青青此时插了一句：我们又不是没有房子住。她妈一听就气得"啪啪"拍着沙发说，你给我站一边去，真是不晓得油盐。我的脸不再红了，红得再狠有什么用，人家要的是房子车子，可不是红苹果。我就那样走了，再也没有回过头。

说吧，怎么伤着的？

摔的，从楼梯上摔的。

绝对不可能！她摇着一根手指头，咯咯地笑着。

我躲开了她的目光。我越躲她越来劲儿，她非要把我的谎言揭穿。

是被棍子之类的硬物伤的。我没说错吧。她像个法医一样解剖我。

别告诉别人，行吗？我想了一会儿，还是决定告诉她了。

咋，跟别人抢女人被打了？她笑得腰都直不起来了。

你说是就是了，笑什么。

要是再高那么一厘米，你下辈子就可以安心地躺着了。她收了笑容，鼻子哼了一声。你那功能也就废了，那才好笑呢。

废了就废了。

她又哼了一声，走了。我希望她能理清关系，我现在是病人，不是你的什么前男友。

我无聊地盯着输液管发呆，看着透明的液体一滴一滴顺着管子流进身体。这该有多少滴啊，肯定数不过来。

我从管子后面看见一个人，是老艾。他拎了好几大袋东西。他把东西往柜子上一放，就开始像医生那样不停地问这问那，脚趾头能不能动，手用不用得上劲儿，他还像模像样地拿起核磁共振的片子对着亮处仔细看。研究了半天，他说，老弟啊，我把你这害的，你说，我给你打电话干什么啊。我真是老糊涂了。

我安慰他说，唉哟，多大个事呢，你要不给我打电话，那就不是我的老哥子了。

他又说，唉，一码事归一码事，你年纪轻轻的把腰搞坏了，这住院也要花不少的钱。说到这时，他从裤兜里掏出一个信封，硬塞到我枕头下面。

我说，老艾，你搞什么名堂。

他说，这件事情从头到尾都是因我而起的，这是我的一点心意。

我把他的手推开。他又塞进枕头，我又推开。

我说，老哥，看我不能动，欺负人是不？他憨憨地笑着说,不是,真不是,是我的一点,一点歉意。

你要搞这名堂以后咱们就不是兄弟了!我不再推了。

老艾的手最终缩了回去,还有他手上那一沓厚厚的歉意。

老哥,你这才叫糊涂!什么叫因你而起?换成是我给你打电话,你来不来。我用手指着自己。

来。他说。

换成是你,你会不会上去动手。

这不一样。你这么年轻,腰坏了,你要有一个幸福的家庭。

我知道他想说什么。他已经把自己定性为一个窘迫的孤单的糟老头了。

老哥,别扯那些歪理,你帮吴妈,难道图她回报个什么了吗?你帮了那么多人,你图什么了吗?

原来我的嗓子眼里也像我老婆那样安着一个喇叭,只是我一直没有找到开关而已。

老艾开始伸手摸口袋,找烟,摸到了,又放了进去。

我一直把你当老哥看,我这不是过几天就可以出院了嘛,弄得这么生分,怎么做兄弟嘛。

老艾叹着气摇着头,沉默不语。

我现在不在警务室,你一个人肯定忙得像鬼。

忙倒还好,也就那点事,不忙也是那点事。老艾说。

他摸了根烟在嘴里叼两下,又在烟盒上捣着。

这人啊,生来就不应该在城市里待着。他像在对我说又像是自言自语,在老家种菜养鸡,自在踏实,那种日子才叫日子啊。

你老家原来也不是武汉的吗?我问。

说是也是,说不是也不是。我老家有一条河,过了河就离武汉不远了。他说,那河还有些典故呢。

我最喜欢听老艾讲故事了。他总把那些山山水水讲得有情有味。

那河宽九丈,深有三尺,常年碧绿如玉,水流平缓恬静。相传有一位秀才连夜赶考,过河时,火把不慎落水。望河兴叹之际,岸边赋诗一首:饥饮家乡水,空负妻儿盼;一河拦去路,却是人上难。秀才作完诗,决心冒死渡河。走到河中间,人已经失去了方向。突然,河面上银光一片,亮如白昼。秀才抬头一看,原是月亮相助。

我不忍打断他。他却见好就收。我问,这条河叫什么名字?现在还在吗?

他说,月光河,应该还在。我参军的时候,也是过的那条河呢。

我问,那你当时是不是也遇到了月夜奇观呢。

他苦笑一声,说,没遇着,倒是遇到一条野狗。狗追着我到了河边，我连鞋都顾不上脱，一口气跑到了河对面。我在河边大骂，狗东西，来追啊，我马上进城了。

我被逗乐了，开他玩笑说，你这要好好感谢那只狗呢。

他说，这一过河就是城里人了，狗都会高看你一眼。

他又把我的心说得像他脸色那般沉重起来了。

老艾又哀叹着。我这辈子活得太窝囊了，丢了一辈子的人啊。你说，我活得还像个什么？

我后悔开了那句玩笑，不知所措起来。人嘛，活来活去还是死，不也是那样吗？从卑微走向卑微，从贫穷走向贫穷。可不就那样活着？

老艾的脸板得紧紧的，憋得眼圈开始泛红了，脸也跟着抽搐了起来。

我真是该打啊，该打啊……

他抽了自己一个嘴巴子，脸上的血痂也破了。我连忙制止他，但没用啊，我动不了。他又接着抽自己的嘴巴子，一边抽一边哭。

我就这样看着他抽自己，看着他哭，眼泪夺眶而出，窜得肺也一起痛。

那一夜，我想了很多。比如，明天又会怎样？

奔逃的月光

十一

天亮了就是明天了。我想明白的时候，天也就亮了。

住院部像开早市的摊点嘈嘈杂杂的。护士边打着哈欠边打印费用清单，吱吱哒哒的像台发报机。护士站的隔壁就是我的房间，这些我都听得见。

又过了一会儿，护士拿着红外线测温仪，感觉有点像枪，对着我的脑门射出一束红光。然后又给我量血压。查完了，她连"正常"两个字都没说就走了。她的意思我明白，不说那就是正常的。

又一会儿，我老婆来了。她眼睛有些红肿，把手上的东西一放，在床头坐下。

你说你苕不苕，别人的事你撑个什么头。

我撑什么头了。

你还瞒我，现在满大街都知道这事。亏你们两个人做得出来，为这大点儿个事和别人动手，还当警察，哎哟，你说，你们做得几窝囊。

你能说点别的吗？我一听"窝囊"两个字，嘴都气歪了。

她说，说别的？说你儿子发烧没人管？我真不晓得咋骂你才好。

我明白她的眼睛为什么红肿了，她当时肯定很着急，按照惯例，她应该骂了我一晚上。

那退烧了吗，你没有休息好吧。你赶紧回家休息吧。

退了。

她甩出两个字后就懒得理我了。我最怕她一言不发了，往往这是她火山喷发的前兆。

你说老艾也真是的，他拿个信封给我，我哪能收他的这个钱呢。她窸窸窣窣地开始收拾东西。

他去找你了？

要不是他说，我哪晓得那么清楚呢。唉，话也说回来，这事也怪不了他。都是那些死变态，偷看别人姑娘洗澡。

像嗓子眼儿的喇叭失了声，我说不出话。

你们单位真差劲，领导都躲着，也不来看一下。她又说。

我自知理亏，尽量保持着克制。她拾掇了一会儿，才算消停下来。

她说错了。我们领导没有躲，并且是不请自来的。在她扭着滚圆的屁股离开不久，我们的教导员就进来了。

他是空着两只手进来的。他问，怎么样？好些了没有？

还好，人清醒着呢。他是无事不登三宝殿的，我的语气有些冷。

我代表党支部来看看你，老艾已经把事情全部告诉我了。

他告诉什么了？

你们错就错在不早点告诉我们实情，这是不相信组织。

他说什么我都不愿意听了。老艾，你怎么不想想再说呢，这是我们两个人的事！起码也要征求我的意见吧。

人已经全部抓住了。其中一个就是你们抓过的钓鱼大盗。不排除报复的可能。老艾能够公私分明，你能够顽强搏斗，理应立功受奖。

我心里发着冷笑。

教导员好像看穿了我的心思，他不怕我不听他的调。他话锋一转，说，你知道老艾为什么要说这些吗？

是啊，老艾，你为什么要说出来呢。你呀你，怎么就不相信我呢。

他不想因为这件事引发你的家庭矛盾。

说完，教导员从裤兜里掏出一个信封，塞在我的枕头下面。说了句保重就走了。

我费了好大的劲儿，才把信封从枕头底下摸出来，扔在地上。我知道那里面是一笔慰问金，我不能拿了它呀，拿了我就出卖老艾了，当初可是铁了心要保守秘密的啊。

十 二

老艾有些天没来看我了。再不来，我就出院了。

我想和他好好谈谈。我把他的号码拨了出去，马上又挂了。你说，我说什么呀，告诉他不应该这样做吗。告诉了又如何呢，只能往他伤口上撒盐。

我望着手机发呆，碰巧屏幕上来了一串电话号码。

我接了，是吴妈。她不知道我和老艾发生的事，我也没告诉她。她说她现在住在福利院。我问怎么住福利院？她说和年轻人住一起，怕碍着他们。我不好说什么，福利院哪有自家好呢，可是吴妈的家在哪儿呢？

她可能想回武汉了，想老艾了，可能也想我了吧。

我慢慢下了床挪到走廊上，也还是闷得慌。就一口气下了楼，在院子里的一棵槐杨树下站着。乌黑的树干足以说明这是一棵老树了，有五层楼那么高呢。树上的鸟应该不止一种，叽叽喳喳地叫个不停。我扬着脖子往树梢望去，树上竟然没有一个鸟窝。既然不在树上住，难道它们专门从别的地方飞来这里?

这是不是鸟类的福利院呢。一坨鸟屎差点砸中了我。我猛然清醒了一下。

城啊,我的城。你该有多少辛酸苦辣,让盲从的人更盲从,让失去的接着失去。

我像个遍体鳞伤的诗人,审视着这个城市。

我要离开捆着我的病床,我要离开束缚我的一切,回家。

我没啥东西好收拾,也没打算告诉任何人。但必须告知柳青青。

她瞪着眼睛说,好吧,你要是急着出院,就在这里签字吧。人民警察可是大忙人,早点回去早点为人民服务吧!

我在她指着的地方签了字,还写了一行:本人坚持出院,后果自负。

我递给她,身上轻松了好多,心想,我现在不是你的病人了,你是这个城市的一个女医生,我是分金街的一名小警察。我们又两清了。

她白了我一眼,说,今天的治疗方案已经开了,要走,也得等明天早上办完手续。

她扭着身段出了病房,依然像个胜利者。我朝她的背影吐了吐舌头,学着她的声音说,要走也得明天早上办完手续。

我回到病床上躺下。电视里正播着纪录片《非洲大迁徙》。解说员说小角马生下来就得站起来，不然角马妈妈会弃它不顾。非洲的法则就是必须向着草原不顾一切地奔跑。角马大军被马拉河拦住了去路。它们没时间等下去了，必须跳进水里。哦，老天！一只角马被鳄鱼咬住了。

我关了电视，看不下去了。动物的世界也这么残酷。

这一天过得特别漫长。直到晚上月亮出来的时候，才有人给我打来电话，是老艾。

兄弟呀，你猜我现在在哪儿？

听起来，他像喝了一些酒。我说，你在老地方。这个时间他除了在那家餐馆喝酒还能在哪儿。

哈哈，我马上就到河边了，我给你讲过的，那条河。他在电话那头笑得像风那般自由。

什么？你是要去哪里？

哈哈，他听出了我的惊讶，笑得更狠了。我回家了，老弟，过了河，我就到家了。

我说，什么？你回家了？

对，我要回家了。咱工龄满三十年了，符合条件，也该歇歇了，回家，对，我要回家了。

风把电话那头吹得呼呼响，我还以为自己听错了。你怎么不早点告诉我呀，你咋说走就走了呢，你真的决定了啊……

是咧，乡下的月亮正圆呢，河面上银光闪闪，我怕告诉你了,你劝我,我就走不了咯。

我握着电话,怕它跑了似地说,那,那好吧,我明天也要出院回家了。

等你有时间,到我这里来玩,我种点菜,你想吃什么我给你种什么,还要养点鸡养点鸭。

我激动地大喊着,不,你种什么我就吃什么!

他说,好咧。

可能,我的声音大了一点儿。护士冲进来说,病房里不允许大声喧哗。我说,这不是喧哗。她不理我,要去拉窗帘。我慌了,说,我不打电话了,你别拉窗帘,行吗。她愣了一下,还要去拉窗帘。我又说,我明天就出院了,就一晚上。她愣了一下,走了。

我美美地躺在床上,白花花的月光果真银光闪闪,连我的眼角都是晶莹剔透的。

隔墙来电

隔墙来电

一

我考虑过了,如果今天晚上她还是穿着高跟鞋走来走去,我就去敲她的门。

"你好,我是住在你隔壁的那个人。"我甚至想好了敲门后要说的第一句话。她可能会冷冷地说:哦,有事吗?一般像她这样的女人,常会摆出一副冰美人的模样,以为这样才显得有地位、有身份。

当然也说不一定。她会眨巴着眼睛,挤出一个腻人的假笑,就肯定能让别人觉得是我做的不对,八成还认定我是上门道歉来了呢。

我想她应该是这样的人。我没别的本事,可看人还是一看一个准的。我也要退休了，遇到个事儿或人就爱琢磨琢磨。常常做着手上的事儿，心里想着的却是另外一件，还会把两件完全不搭界的事儿掺和到一起，推敲哪个是因哪个是果，总把人或事儿想得特别糟糕。反正把事情刨根问底了都好不到哪儿去。

　　我正在赶稿件，中午也不敢休息。一连几天陪焦副局长参加市里的文化艺术节。说累也不累。要像焦副局长那样，这里转转那里看看，发发名片握握手，拍拍照片合合影，肯定不累。这次出差，我蹭到的唯一好处就是陪他四处闲逛。但我得随时准备举起相机抓拍他最好的形象，这是我的主职工作。

　　有一次，焦副局长的一套动作我没拍下来，就把我冷落了一番。你知道冷落的意思吧？他也不好直接批评我，就"嗯哦"地应付了我大半天。我说焦局这个做得真不错，他就"哦"。我又说焦局这里留个影吧？他就"嗯"一声，侧着身子站几秒，也不管我拍没拍到，他扭身就走了。

　　可这不怪我啊，要我说要怪就怪他姓焦。那天，焦局在展区遇见一个迎面走来的女士（至于什么头衔和来历，我还真不清楚），他小声问我"那个女的，是不是开会的时候和我坐在一排，左边第二个？"你听听他问的，我哪记得那么清楚呢。我还陷在回忆里的时候，他已经满脸堆笑地伸出双手，准备和别人打招呼了。那女人也有要和他握手的意思了。我猜，焦局已经弄清楚了，或者那个女人也想起来什么了，反正对上就好了，就赶紧凑近准备拍个特写。焦局自我介绍了一番后，两双手就握在一起了。那个女人不知道是哪根筋不对，就问他"您贵姓？"焦局反应倒是挺快的，说"姓焦"。那个女人的脸唰的一下就红了。我在心里发笑。明明我们局长已经介绍了是文化局的焦副局长，你说你问啥不好呢。她抽出手，捂着嘴堵住笑，扭头走了。我还老老实实地对着别人的背影拍个不停，直到焦局往另外一个展柜走去，我才反应过来。我就是这么一个木讷的人，还好领导觉得我是天生愚笨，是三棍子都打不出一个屁来的苕货，所以大多数时候都能容忍我这一点。

这次艺术节是我们新莱市花了很大劲儿才争取到的一个大型文化展览活动，已经开幕几天了。凡是与文化可以搭配组合的东西都可以展览，有雅的有俗的，书展、影视展、民间艺术等，就连性文化也占了好大一块地儿，摆了好多古代和现在的玩意儿，连焦局长都说：太厉害了，看得让人受不了。我也连连点头说：是啊是啊，真稀奇。

我以前可不是这样的，起码不会这样迎合谁。有时整天板着脸不说一句话，谁都欠我钱似的。后来，领导找我谈过几次心，夸我工作踏实，做了很多不可替代的贡献，争取利用下半年晋升的机会给我提个正科。这事儿要落谁头上都得高兴。退休前解决一块心病，我也好扬眉吐气地拍屁股走人了。

奔/逃/的/月/光

我们单位是市里的直管部门。局长去北京开会了，焦副局长是单位二把手，也只有他能代替局长参加这次活动了。对于他来说，这绝对是个好机会。这么大的一个活动，露脸的机会肯定不少。焦副局长还是有些想法的，再往上走一走还是很有可能的。

二

写完稿件已经是下午时光了，我想躺着小眯一会儿。焦局中午有个重要的饭局，没让我陪，电话里叮嘱我抓紧时间把稿子写出来。他是从来不会关心我这样的下属，来了几天没喊我吃过一顿饭，就连我住哪层哪个房间都不知道。他需要的时候就会让我出现，不需要的时候我自行离开，就算我告诉他我住哪个房间，他也未必记得住。

我还要选一张照片，和文字稿件一起发回单位。哪张照片才会合乎焦局的心意呢？

走廊上传来一阵"噔噔噔"的声音。如果没有猜错，肯定是她回来了。这个声音是前天才出现的，单调而枯燥，像被编排过的步调，让人心神不宁。

脚步声在离我很近的地方停了下来。她应该是在找房卡之类的东西。

这个酒店几乎住的都是来参加文化节的人，官大的有派头的可能住得高一些，上面都有大套房，像我这样的都安排在七楼以下，方便为领导跑腿。我偷看过焦局长公文包里的参会人员名单，老长一串，好几页。这女人绝对不是像我这样身份的人，跑腿的还穿高跟鞋？像我关键时候还要追着领导飞跑，高跟鞋能行吗？

门锁转动的声音，然后关门，噔噔噔……

又"噔噔噔"地走过去，可能拿什么东西，然后又"噔噔噔"地走几步，把什么东西放下。

我越是厌烦这个声音，越听得仔细，非得这个声音消失了才可。好吧，我再坚持一会儿，再过一会儿，她应该要出去的。在这种大型活动场合，交际是最重要的，认识一个大领导，就多了一条捷径。商人们忙着展览、宴请，名流和政客忙着出席各种聚会，这是完美的组合。女人们在夜晚降临的时候，会变得格外紧俏，像打折的奢侈品，很抢手。我盼着她早点被抢走。

噔噔噔……

我干脆什么都不干了，专心听着吧。选个照片按理说也是件很容易的事，就是从一堆领导合影的照片里，挑选来头大一点儿的人物，还要看领导当时的神态够不够潇洒，多半就选这样的。可这次，我觉得有些棘手，和焦局长握手的人，不管是男人还是女人，官大官小的，怎么数也得有五十来个吧，并且我一个也不认识，更别说如何甄别职务了，要是挑选哪个女的漂亮，倒是可以挑出几个来。

"我在这里欢笑，我在这里哭泣，我在这里活着也在这死去……"是手机铃声，隔壁传来的，真够时髦的。

她一边接着电话，一边发出银铃般的笑声，声音还很大，像开着免提。

噔噔噔……她来来回回地走了十来分钟。

什么重要的电话如此这般？我连抽了两支烟。女儿平时一直劝我少抽，反正尽着她的孝心说了一大堆理由。我已经习惯了有事没事叼着烟，看着一闪一闪的火星。然后腾起的烟雾把我包裹起来，像神仙置于云端。再说了，我总得找点什么乐子打发时间吧。

我掐灭了第二支烟，在烟缸里使劲碾了碾。

隔壁安静了，应该是电话打完了。噔噔噔地走了几步，然后听见开门的声音，她要出门了。

我长舒了一口气，听着走廊上高跟鞋的声音越来越远，仿佛没有什么事可干了一样，一身的轻松。

"叮铃铃……叮铃铃"是我那老掉牙的手机铃声，是焦局长打来的。

不管他看不看得见，我依然毕恭毕敬的立即从椅子上弹了起来。

"焦局，您有何吩咐？"

……

"嗯，我知道了……稿件已经写好了，您看照片……"

"你怎么不开窍啊，就选那张照片，那张嘛！"焦局长有些不耐烦地拖长了音调，估计他一时也描述不出来是哪张照片。

"局长，您是说哪一张啊？"我战战兢兢地问着。

"别怪我说你是书呆子，就我和王副老总会面的那次，记得吧，个挺高的……"还好，局长没骂我是猪，仅仅说我是书呆子，起码书呆子是个中性词，也有些符合我的气质。

"哦，是穿红色夹袄的那位吧，胸前一朵大牡丹花…对，对，真漂亮，和您很配……"我那会儿的反应挺快的，马上就猜到焦副局长说的是她。

"你呀，算是开了一回窍，我给你说，她可是大名鼎鼎的XX出版集团副老总，要是和他们集团搭上关系，别说是我们办的宣传刊物，就连局里每年出的文化年鉴，对了，还有你手上抓的那杂志，以后肯定用得着她，我这是舍了老命替你着想呢！"

奔 / 逃 / 的 / 月 / 光

"您……太伟大了，要是我那杂志有什么发展，绝对比给我个正科待遇还高兴。"我前半句是假话，"伟大"两字是我能想到的最恭维的词语了。可后半句是真话，上了这么多年的班，说实在的，如果说还有一点儿精神依托的话，那就是我负责的那本杂志了，像爱护我女儿一样，我肯定是盼着她有个好归宿。

"别的不多说了，你要有什么心思也得提前谋划谋划，如果这次咱俩……如果这次搞得好的话，你的正科我担保可以落实。"焦局长说得比唱得还好听，竟然把我和他说成了"咱俩"。我有些受宠若惊。虽然他可能意识到了这样称呼并不太妥当，多少有失他的身份，可毕竟他说了。

原来如此。

一瞬间，我对她那高跟鞋的声音有了新的理解，原来我一直是在渴望这种声音，难怪会心神不宁。真恨不得马上让她回来走上两步，听着那声音才觉得踏实，怕跑了似的。

我一时忘记向焦副局长汇报我就住在王副老总的隔壁，或者如果焦副局长知道，就不用这么麻烦说了半天，直接说"住你隔壁的女副老总"——让我肃然起敬的名号，多简单明了。

隔墙来电

三

第二天，我特意买了一份都市报，里面有我那篇稿件。倒不是觉得发了篇稿件才去买的，而是因为昨天一整晚都没听见隔壁高跟鞋的声音。我早上出门的时候，还特意在她门口停了一会儿，里面一点儿动静也没有。我有些担心她不会再出现了。我留着报纸，到了万一的时候，撕破老脸去找她去，说不一定她愿意赏脸。我小心翼翼地把报纸折好，如获至宝。

那篇稿子的亮点是那张照片。我抓拍的是焦局长和副老总美女握手的瞬间，一个笑容满面，另一个还有些含情脉脉。焦局长很满意这张照片，还让我洗一张10寸的，用精美的相框装裱起来，以后放他办公桌上。我当时还在心里使坏，自言自语地说"最好摆你家床头去"。

那次焦局长和女副老总的手握了好久。我早已连拍了好几张，但他还握着，像在把玩自己的手，怎么捏都可以。那只纤细的手如果再被他捏一下，肯定会冒出油脂来。他像握着一块温润的玉，这一点儿都不夸张。她一脸的微笑，笑得像她胸前衣服上的牡丹花。

我换成了竖拍。焦局长还握着她的手，目光停留在她高耸的胸脯上。焦局长的喉结上下滑动着，连吞了几腔口水。我也连拍了几张，这样的照片是绝对不敢被焦局长看见的。我喜欢这样的照片，那是我的艺术，和我的杂志一样重要。

焦局长的长相我实在不敢恭维，甚至描述不出来，就是觉得丑。只是不敢说出来而已。她站在旁边，好比是在丑字前面加了一个修饰限定词。当然，她的美绝对不是靠他太丑的长相衬托出来的。她身上每一个器官对男人都是一个极大的诱惑，发颤的胸脯时刻要拯救某个饱胀的灵魂似的，大小适中却向上翘起的屁股，连着两条修长的腿，像我这样的老头子，只配低着头看她脚上的高跟鞋了。

焦局长和她站在一起，绝对不是可以简单归结为美与丑的，更不是什么黑与白，起码黑与白还可以搭配。我又按了一次快门，连拍了好几张，简直想摔相机。真好意思凑上去，我呸！

我正无聊地盯着那张照片出神，手机响了，是焦局长打来的。

他让我下午去百货专柜买某品牌的化妆品，是我从来没听说过的牌子，我连问了好几遍才写下来。

我吃过午饭就出去了。刚出酒店，碰见我的高中同学马海军,现在是堂堂经侦大队的大队长。

"我的天啊,你亲自出马为我们保驾护航,有劳有劳了!"我有些讨好的主动向他打招呼,毕竟人家混得好一些,还比我小好几岁,说不定以后还有什么事儿麻烦到他。

"你这话说的,你老同学都来了,我这为人民服务的芝麻官能不来吗?"马海军说完,嘿嘿一笑。

"为人民服务"的口号我也喊了几十年了,也多多少少为人民服务了。马海军自称是芝麻官,那我只能是一粒必须不折不扣地按照领导指示做事的小芝麻粒儿了。

寒暄完毕,我急匆匆地赶到百货商场,像大户人家办年货似的,买了一大堆回来,放在焦局长说的那个房间,就我隔壁。

我从没这样逛过街,也没这么大手大脚地花过钱,那些令人眼花缭乱的商场简直把我弄成了无头苍蝇,好在按规定时间完成了焦局长的任务。

累,真累,怎么花钱都这么累呢?

完成任务后,我如释重担地长舒一口气,倒在床上,想着什么。

昨天晚上没听见高跟鞋的声音,说明她根本就没回房间,她没回房间可能是走了,焦局长让我把东西放她房间,万一她真的走了,那东西不是白买了吗?主要还耽误了事儿,不行!

奔/逃/的/月/光

我得向焦副局长汇报。

打了一遍,焦局长没接。我想了一会儿,认为还是得汇报汇报,毕竟这事儿太重要了。要是不汇报清楚,万一以后出了差错,全局的人都会怪罪于我。我又拨了一遍,焦局长还是没有接。

我心里像猫抓一样,怎么不接电话呢?我很想念那个高跟鞋的声音,它是奏响未来的乐章,是我们全局的福音。可能是累了,我竟然睡着了。

"噔噔噔"是高跟鞋的声音,由远及近。

"咚咚"是一种新声音,像鞋子丢在地上的声音。我还是迷迷糊糊地睡着。

好像有人对话,我太累了,懒得去细听。

又过了一会儿,我突然想起那是大事儿,睡觉算个屁啊,我得赶紧报告焦局长,一切让他定夺。

突然隔壁传来的声音,把我吓得屏住了呼吸,难不成她在?还可以听见咯吱咯吱的声音,这是酒店的床受到震动后发出的声音。

我像当初那个问焦局长贵姓的女人那样涨红着脸。我紧张地握着手机,打还是不打?

隔壁的喘息声越来越清晰。我的手心冒出了汗,像在做一个重大的而又艰难的决定。

还是不要告诉焦局长好了，别人的关系都已经到这一步了，还有什么意义？

我有些失望，恨他真是没用。给别人买什么化妆品啊，转弯抹角地讨好，还不是让别人捷足先登。

过了好一会儿，我的内心也平静了。焦局长肯定知道自己的弱点，你看，握个手别人都给多大的面子，凭他那长相，肯定会被拒之门外。我转而同情起他来。焦副局长比我小不了多少，如果这次换届上不了台，也就和我一样熬着退休了。他以前还是做了不少实事的，比如在偏远一点的地方建文化馆，后来还开设了乡村图书漂流室，颇受当地农民欢迎，媒体也争相报道过，他也因此被提拔为副局长。

噔噔噔……

高跟鞋的声音。然后门打开了，一阵银铃般的笑声，笑得让人骨头都能化成水。

门又关上了。走廊上传来了一个男人的脚步声，渐渐地远了。

噔噔噔……

她又恢复了来来回回地走动。我却听着不那么悦耳，那是已经不属于我的声音了。

她像故意踩给我听的。就不能换成一次性拖鞋吗，就不累脚吗？

我躺了好一会儿,翻来覆去地折腾了半天。

滴滴滴……

是我破手机发出的声音,一条短信:今天喝了很多酒累了有什么事明天再说。

连标点符号都没打!无能!绝对的腐败无能!只知道喝酒,还烂醉如泥。我又激动起来。

我气恼地给他回了短信:

"焦局,您得抓紧时间和王副老总拉近关系",我准备说的直白一点儿,但怕刺激到他,只好以一句"辛苦您了"结尾,希望他能猜出暗含的意思。

等了半天,他没有回复,肯定不会回复了,醉得一塌糊涂了。

我像失去了什么,心里空空的,情绪低落到了极点,连骂他的心都没有了。

噔噔噔……

她还是那么高傲地来来回回的走着。

不行,焦局长喝醉了,我得帮忙做点什么事儿,不能就这么窝在酒店里,眼睁睁地看着机会流失。

我终于敲响了隔壁的门。

我低着头等着房门打开,不是想显得谦虚一点,只是我实在没有那个勇气,特别是知道她已经和别人好到那个份上之后，我已经丧失了原本可以理直气壮的那种优势。我不仅不敢指责她打扰了我，还得做一个虔诚的忏悔者，来找受人尊敬的神父倾诉，祈求得到上帝的原谅，祈求得到帮助。

一双红色高跟鞋出现在半开的门缝里。我的目的达到了，我没有说话，也不敢说什么话。现在只想看看她脚上的那双高跟鞋，是怎么发出那种摄人心魄的声响的。

她一只手扶在门框上，就是和焦局长握过的那只手。她那猩红的指甲像嵌在我的肉里，痛得我动也不敢动。

我没有听见她说话，慢慢地抬起头，想近距离地看看她那张惹人喜爱的脸，目光扫过她那两个打着颤的肉球，也禁不住地吞了一次口水。

她要关上房门了。我猛地抬起头，看见了一张吓人的脸。我真以为撞见鬼了，瞅见了一张敷着面膜的脸，白得可怕。

四

第二天一早，我接到了焦局长的电话。

"哈哈，你什么时候也变得这么热心了起来，昨天让你买的东西都送了吧？"他一开口就是一阵哈哈大笑，我听得毛骨悚然。

"焦局，我都按您的吩咐送到她房间了，您不记得了吗？"

"哦，对对，昨天我太累……喝醉了，看我把你说的给忘了，不过，我今天告诉你一个好消息，女副总今天答应见我一面，他们出版社最近要搞一次活动，叫我们局里带头在政府部门帮忙宣传宣传，你今天再去买点什么东西，晚上再提过去，花这点儿小钱算不了什么……"

我的心情稍好了一点，因为那女人终于答应要见焦局长一面了，还主动提出与我们合作，取得了这么大的实质性的进展，当然要高兴了。

我又像打年货似的，买回了一大堆，然后请前台服务员把东西送到隔壁房间。

我又累得像只哈巴狗。一切办妥之后，瘫软在床上，无聊地等待着高跟鞋的声音出现。

过了一阵子，走廊上传来噔噔噔的声音，还有一个沉重的脚步声，应该是个男的。

果真，声音在隔壁门口停住了。

门开了，隔壁传来一阵悉悉索索的听得不太清楚的声音，像信号不强时传来的无线电波。

噔噔噔……她来回走了两下，发出一连串的娇笑。

咚咚，丢鞋子的声音。

"昨天……"是个老男人的声音，我竖起耳朵开始侦听，只能隐约听到几个词。

真不害臊！我得告诉焦局长，千万别上了她的当。

啊啊…哦啊

那边又重复起来了，我一定要告诉焦局长。

"你是我的玫瑰你是我的花……"是一串熟悉的手机铃声，比刚才那个男人的声音还熟悉。

是焦局长！我兴奋得差点跳了起来。

隔壁发出了最后的吼声，比头发丝还细的吼叫，嗓子都哑了。不对，还听见走廊上传来一阵急促的脚步声。

然后，听见隔壁的门被打开了。

人声嘈杂，不对劲！我急忙冲出门去。

我愣愣得站在门口。

焦局长正光着屁股瘫在那女人身上，压瘪了那两颗饱满的肉球。房间里除了焦局长和他身下的女人，还齐刷刷地站了五六个警察。

我只认识其中一个警察——马海军大队长。

"还不赶紧穿上衣服，害不害臊！"马海军像家长训斥做错了事的孩子一样，无非声音大了一点。

可能焦局长太劳累了，撑了一下，想爬起来，结果又像僵尸一样压在那女人身上,那女人闷哼了一声。

"王晓露!这次你跑不掉了吧!"马海军好像抓住了猎物,喜上眉梢。

她掀开焦局长,自己爬了起来。

马海军看见了我站在门口,朝我走了过来。我面如死灰,他却像个了不起的大腕明星,和我当时考中全县文科状元时一样,得意洋洋。

"知道吧,这女人是D市人,冒充某著名出版集团副老总,贩卖盗版光碟、书籍、流窜多省诈骗……"

我听蒙了,比先前还呆。

"这次,还多亏了你的那篇报道,不然,我们还不知道她已经到了我市,只是没想到你们焦局长羊入虎口啊。据我所知,他已经签了十五万的购买订单,全是盗版书籍。"

我浑身冒着冷汗,脸色绝对比前晚贴在她脸上的那张面膜还要惨白。

"改天我得请你吃饭!"马海军拍了拍我的肩膀,然后是一阵哈哈大笑。

后来,因为这事儿,我提前三个月退休了。

临走那天,我关着办公室的门,像刚来单位报到那天一样把桌子擦了一遍又一遍,只是比当年擦得缓慢多了。毕竟是老了。

我点了一支烟，抽完这支烟以后就不再抽了。女儿还在楼下等我，接我去他们单位编辑室——省出版集团报到。她比我早去那里半年，是她托她的老师推荐我在那里做了一份与文字有关的临杂工。

　　是该戒烟了啊。我叹了一口气，把焦局长和王晓露的那张合影锁在抽屉里，钥匙放在桌上，走出了那间困了我三十多年的屋子。

死无对证

死无对证

火车上，张奔一共接了三个电话。第一个电话是所长打来的，说的最核心的一句话是让他休息一天。他知道所长已经拿出最大的诚意了，肯定是看在他得了全市破案能手的份上。一个奖换一天休息，也行吧，他感恩戴德般地谢了所长。随后是惠芬的来电，他也不知道自己说了什么，说着说着惠芬竟然答应和他结婚了，这是让他最高兴的一件事儿了。在火车上他甚至已经开始臆想惠芬是怎样扑倒在他的怀里，然后扭捏着问"想不想我嘛"，他八成会说"想，我浑身上下都想"。要不是搭档老肖打来这第三个电话，他会一直臆想下去的。老肖只提到了一个人，就让他神色凝重了起来。然后老肖让他尽快赶到清溪镇第一医院，他便把所长和惠芬的话抛在了脑后。

张奔一到镇上就直接去了医院。病房门口站着两名同事，看来事情的确很糟糕。

奔/逃/的/月/光

"那人醒着吗？"张奔问。

"醒着，在里面躺着呢。老肖有事刚走一会儿。"同事说。

"这老肖就是急性子，我飞也飞不来啊。"张奔说。

他推开病房门，往前走了两步就停下了。如果不是瞅见输液卡上的名字，他怎么也不敢相信病床上的这个人就是他要见的人。深陷的眼窝里嵌着死鱼一样的眼睛，枯裂的嘴巴像是谁在他脸上划开了一道口子，白净的被褥越发把那张脸衬得死黑，一副半死不活的样子不得不让人同情起他的不幸遭遇。更为不幸的是他的那个同伴已经确认遇难了，这是老肖电话里格外强调的一点。

张奔一时不知道说些什么才合适。也许他该对病床上这个人先来一番责备。诸如怎么搞成这个样子、为什么不听劝告之类的话。张奔真想这样说，抱怨一番才会好受一点儿。当然只不过是这样想而已。他不是那种习惯怪罪别人的人，也不可能通过这种方式就能轻易排解掉那些不良情绪。他是介于成熟与不成熟之间的一个人，习惯一腔低沉的声音配上一副严肃的脸。他觉得这样一副模样才适合侦探的气质，要是再配上冷冷的坚定的眼神就更到位了。他缺的就是这样的眼神。他只是一双单眼皮的小眼睛，目光多情而忧郁。这倒符合他精干消瘦的体型。

张奔欠着身子把证书放在床头的柜子上,干咳了一声。

那人没有转过头,甚至连眼睛都没眨一下,盯着发白的天花板。

"王昊林,我是清溪镇派出所的张奔,一个多星期前我们见过面的,你现在好点了吗?"张奔终于撬开了自己的嘴巴。

那人没有说话,嘴巴只是微微动了一下,然后又把头稍微侧向张奔,目光停留在床头的柜子上,算是对他礼貌性的回应了。

他应该是看见那本鲜红的证书了。如果没出这种事儿,张奔说不定可以邀请他去惠芬家里坐坐,喝上几杯酒一起庆贺庆贺。

"你别太难过,安心养伤比什么都重要,有什么需要的话可以让他们转告我,我一定尽力帮你。"张奔不知道为什么非要加上"我一定尽力帮你"这半句话。是同情,还是夹杂着别的什么情绪,他也说不清楚。

那人的手微微抽动了一下,还是不说话。

说来也怪,张奔早在那天就有某种不好的预感。尽管他知道自己是没有这种超能力的,但依然不妨碍他坚信自己确实曾经往这个坏结果上猜想过。

张奔走出病房,听见同事他们在小声议论。

"这人整天也不说话,想啥呢?"

奔/逃/的/月/光

"和他一起去的那个女人死得好惨，红颜薄命啊！"

张奔一句话也没说，也不想再继续听下去了，心里不免乱糟糟地发起慌来。

一

事情还得从一块石头说起。

这块石头和所有躺在金牛谷的石头一样，黑不黑黄不黄的，满山都是，毫无特点。

最开始是王青山哥俩儿发现了这块大石头。

就在张奔的警车出现前，当天镇上最早的那趟班车司机陈胖子也发现了那块石头。不过，他先看见的是冲他不停招手的王青山。随着"嘎吱"一声急刹车，车里人仰马翻，各种音调的尖叫和谩骂声顿起。

陈胖子恼怒地从驾驶室探出肥头大耳，骂了一句：找死啊！

窗外是一群衣衫陈旧的孩子，手里提着小竹篓，里面装着大枣、核桃、猕猴桃之类的土特产，静静地站在马路边上。

等王青山从那块大石头前让开，陈胖子不由得倒吸了一口凉气。但他很快把石头和这群孩子做了关联，毫不犹豫地嚷骂了起来。

他肯定也是要骂的。车里不断提高分贝的谩骂声不得不让他狡猾地继续大骂起来。很明显，他在告诉车上的那些人，你们看，这不是我的错，都怪那群孩子，你们得找他们骂去。

他的诱导或者说阴谋得逞了。车上的人仿佛猜出了孩子们的动机，觉得孩子和石头肯定有着某种关系，他们开始摇着头，小声议论着什么。

陈胖子趁机冲车内喊道：下车下车，就在这里下车了，前面走不动了。

售票员也扯着嗓子嚷着：清溪镇到了，快点收拾行李下车，还有一里多路就到镇子了，耽误的可是你们的时间。

他们无非是想节省这段路，抓紧时间跑第二趟班车。

哐当一声，车门打开了。

穿得花花绿绿的乘客是外来旅游的有钱人，孩子们早已熟记了大人教的识别方法，眼巴巴地望着鱼贯而出的游客。

"叔叔阿姨，刚摘下来的大枣买一点儿吧"

孩子们开始纠缠游客。

陈胖子气冲冲地下了车，奔王青山走来。

"是不是你干的好事！肯定是你搬的石头，你妈怎么生了你这个坏种……"

"不许你骂我娘！猪头胖！"

随后，王青山稚嫩的声音被一记响亮的耳光打断了。陈胖子的手足足有王青山的小脸那么大，他像在拍一只他十分讨厌的苍蝇，又准又狠。

王青山被打得一个趔趄倒在地上，嘴角已经渗出了血丝，竹篓里的核桃和红枣滚了一地。弟弟王青水吓得大哭起来。

"叫你嘴硬！不是你还有谁！"陈胖子凶狠的声音完全覆盖住了这个弱小的孩子。

"住手！"一个女人大声呵斥着。女人身后紧跟着一名扛着登山包的男人。

陈胖子上下扫视了一遍那个女人后，眼神又开始变得蛮横起来了。

王青山从地上爬起来，抓住陈胖子的手就是一口。

"狗日的，快松口，哎哟，快松口。"

王青山被陈胖子用力推开了，跌坐在散落一地的核桃上面。乘客们惊呆地看着这一幕，他们想说些什么，但又什么也没说地站在一边。

"你凭什么打人，他可是个孩子，有没有一点儿道德。"女人怒斥道。

陈胖子竟然没有立即答上话来，支支吾吾地在喉咙里呜隆着说："你，少管闲事。"

女人没有理他，从兜里掏出纸巾递给王青山。

"石头是从上面掉下来的，你信吗？"王青山噙着泪对女人说。

"狗屁！这好端端的怎么会掉块石头下来？"陈胖子在一旁捂着手嚷叫着。

"够了！你打孩子还有理了！"女人二话没说地掏出手机就报警。

"你嚷什么嚷，打人就是不对！"站在一旁的那位男人把背包丢在地上，拿出保镖的架势护在女人身边。

人群把公路围了个严实。堵着也是堵着，不如看看热闹，很多人这样想着。直到张奔的警车出现，这才让出一条道来。警车在巴士后面几米远的位置了停下来。

张奔质问陈胖子怎么回事儿？

陈胖子叉着腰，指着孩子们说：他们搬石头拦我的车，差点儿害了一车人的性命。

张奔瞪了陈胖子一眼，指着那块石头，反问他，孩子搬得动吗？你去试试！

陈胖子看了看那块石头，没有动。

人们这才把目光扫向那块圆不是圆扁不是扁的大石头，甚至没人能够描述出它的形状，倒像一张哭笑不得的脸。

陈胖子自觉理亏，一言不发地站着。

"过来干活！打人的事儿待会儿给你算账。"张奔从警车后备箱里取出铁钎，递给他一根。

石头很快被挪到了马路边上。张奔指着马路上的印痕对陈胖子说，好好看看，明显的撞击痕迹，是石头从上面滚落下来造成的，凡事要讲证据。

说得陈胖子心服口服，他从钱夹里翻捣出50块钱递给王青山。王青山接过他的钱，揉成团扔了出去。

山风又无趣地把钱吹了回来，在陈胖子脚下打了个转儿，又飘向别处。

"哎，别给钱过不去，我的钱，我的钱……"陈胖子顾着追他的钱去了。

女人捡起一颗核桃，蹲着王青山哥俩面前说，这样吧，我拿这颗核桃和你们交换，可以吗？

看得出她是认真的，她打算用一颗核桃换取孩子们的尊严。不过，像陈胖子这种人是看不出来的，他还在为追上了那五十块钱乐呵呵地傻笑呢。

"张奔，清溪镇派出所民警。怎么称呼？"张奔收拾完工具走了过来。他习惯性地要和别人握个手。但临时又把手缩了回来。他察觉到背后有个男人正盯着他。

"沈叶秋。"女人回答说。

"你好！欢迎你们来到清溪镇，怎么称呼？"张奔又把手伸向了那位男士。

"你好！我叫王昊林！"男士自我介绍说。

张奔就在那一刻认识了这两个倒霉的人。

随后，沈叶秋从背包里取出一本漂亮的日记本，塞到了王青山手里。张奔劝说了几句，王青山哥俩这才收下。为了表示感谢，张奔还让沈叶秋两人坐了他的顺风车去了镇上。

但凡张奔见到的人或者事儿，他都爱推敲琢磨一番的。这两人应该属于情侣或者曾经是情侣。他们之间多少有一些"客气"的举动。比如，王昊林为沈叶秋打开车门时，她会说句谢谢。这要是他为惠芬做点儿什么事，惠芬只会在一旁扭捏地笑笑。

他还判断出他们是驴友，可能是冲着金牛谷来的。他当时就告诫他们金牛谷可不是闹着玩儿的，已经出过几回事了。

对了，当时王昊林压根就不领他的情。他还强调了几遍他们是老驴友。从他拉长的脸上可以看出一丝不悦和厌烦。他当时应该恨不得有人立即把这个警察支走才好。最后，他保证说他们不去金牛谷。

那是那天上午的9:30分，笼罩在金牛谷上的薄雾还未散尽，太阳也刚刚爬过山顶，若无其事地挂在泛蓝的天空中。

那天确实是个大好晴天。

二

这人啊，怎么说没就没了呢？像一片树叶不经意地落下又悄无声息地化成了泥土。早知道这样，张奔说什么也会上前拦住他们。

他在一个三岔路口停了下来。他走下车，往左走了几步，又往右走了几步，然后又站回中间。他把两脚尽量并拢，试图保证自己是站在最中间的一个点上。左边通往清溪镇派出所，右边去往惠芬的家。无论一个人多少优秀，他都得从这个起点选择一条路走下去，而又必将失去另外一条路的风景。他呆望着，仿佛能看见十年前的自己从某条路上走过。

他和惠芬是在一个院子里长大的，至今都还记得孩提时代玩过家家时的情景。他一口一个老婆，惠芬一口一声地答应。两人直到上大学才第一次分开，惠芬去了另外的省城。两人同年毕业，惠芬找过他，问他以后怎么办？并把女人最宝贵的初夜给了他。至于当晚的当事人张奔，却一心想留在省城，压根就没把以后的事放在心上。等他被城市的生活剥离得惨不忍睹时，他才想要回到惠芬身边，在山清水秀的家乡好好的爱她一辈子。可是惠芬已经结婚了。

张奔孤零零地站在三岔路的中央，多么渴望一切都还没有开始，如果真的一切都没有开始，可以重新来过的话，他宁愿重新选择一条路，那条通往惠芬家的路。

他的手机响了，是老肖的电话。

"你前脚走我后脚就到了，现在又打电话，快说，什么事！"张奔先发制人地把老肖说了一通，抱怨他打断了自己的沉思。

"我赶回来是有重要的事，这是大事儿，反正我也说不准，你最好立即回来。"老肖低沉的语气让张奔不敢忽视。

没等张奔说什么，老肖已经挂断了电话。

这人真是的。张奔自言自语着。不过，他相信老肖肯定是遇到或是发现什么事了。

老肖早早地等在派出所门口，他知道张奔肯定会赶回来。张奔这小子脑袋好使、灵光，还喜欢推敲。和他搭档这么多年，老肖乐于充当着一个发现者的角色，他喜欢看张奔抓着头发挠着脖子冥思苦想的样子。一想到他那样子，老肖心里就乐了。

张奔车子刚停稳，老肖就钻了进来。

"说吧，又有什么发现？"张奔直截了当地问。

"你知道沈叶秋是怎么死的吗？"老肖四周望了望，确定没人之后他才说，生怕被别人听去了似的。

"摔死的，这不是大家都知道的吗？"张奔把车子熄了火，把头转向老肖，略微有些惊讶。

"局里的那个女法医是我同学，她打电话问我沈叶秋是什么时候遇险的，我也答不上来，谁知道她具体是什么时候掉下去的……"

"你们不是已经询问过王昊林了吗？"张奔打断了老肖的话，开始着急起来。

"我当时多问了她一句，她说沈叶秋身上并没有致命伤。"老肖的这句话足以让张奔发狂起来。他仿佛闻到了血的味道。

"她不是摔下去的吗？没有致命伤？什么意思？"张奔的头撞到了车顶，他以为自己是坐在办公室的椅子上，激动地跳了起来。

"她只告诉我没有致命伤，暂时没说其它的。他们一向是慎言慎行的人。"老肖把问题交给了张奔。只要张奔开始着急，他的目的就算达到了，知道他一定会刨根问底地把事情弄得清清楚楚。

"走，去我办公室！我要看看笔录！"张奔拔下车钥匙。

两人神神秘秘地溜进了张奔的办公室，一头埋进资料堆里。

老肖总会谦虚地把"重要内容"让给张奔先看，而张奔也从来没有客气过。

张奔把现场勘查笔录、照片等资料排好了顺序压在手下。他得先从询问笔录里了解事情的大致经过。

当天，也就是9月20号那天早晨，王昊林和沈叶秋背着行囊直接进了金牛谷，当晚在山上扎帐篷过夜；21日早晨7点，两人用完餐后继续穿行，一天相安无事；22日上午10点左右，行至金牛谷"三回首"一带，沈叶秋拍照不慎滑下山去，王昊林躲避不及，也被撞了下去，卡在一丛老树根里；25日下午，另一批驴友发现并救了王昊林，驴友用绳索冒险下到了谷底，发现了已经冰凉的沈叶秋。

他终于知道沈叶秋和王昊林之间的关系了，其实在那天早上他也猜到了王昊林可能是沈叶秋的前男友。尽管自己的推断现在得到了证实，但他一点也高兴不起来。

他从笔筒里取出笔，在一张白纸上列出了一个时间表。

9月20日，两人进山，当晚在山上过夜。

9月21日，两人用完早餐，继续赶路。

9月22日上午10点，沈叶秋拍照失足，王昊林卡在树根里。

奔 / 逃 / 的 / 月 / 光

9月25日下午，王昊林获救，沈叶秋已死。

他花了至少三秒钟才写完"死"字的最后一笔，仿佛那是沈叶秋的最后一口气。他心里像憋着什么东西，一直堵到他的嗓子眼儿。他慢慢在"死"字后面加了一个句号，把笔扔在桌上。

"你看，那天早晨我们一起出的警，9月20日，这才几天的事儿。"老肖还在翻看那天的出警记录，因为"重要资料"都在张奔手上，他只能看这个。记的都是张奔不用看也知道的内容。

张奔拿起一沓现场照片，一张一张地翻看，目光停留在现场全景照片上。沈叶秋躺在谷底的一处斜坡上，周边是黄成一片的银杏树林，她像睡着了。银杏林是金牛谷这个季节里最后一道风景了，却成了沈叶秋人生最凄美的终点。

张奔的太阳穴突突地跳了起来。她是怎么死的呢？

张奔又接着翻看照片。一个红色登山包引起了他的注意，这是沈叶秋的遗物，帐篷、睡袋、气垫、绳索、几件衣物……她的人生就剩下这么一点东西，哪怕临死前她能喝上一口水、吃一片面包，这也许会让人觉得好受一些，总不能成为饿死鬼吧？

饿死鬼？张奔的太阳穴跳得更加厉害。

"走，我们去物证室！"张奔似乎有了什么发现。

他挨个扫视着放在墙边架子上的每一件东西。红色登山包是沈叶秋的，当时连同她一起掉下去的，已经空空如也。旁边摆放的都是从谷底捡拾回来的零零散散的一些东西，摔坏的手机、相机、手表等。另一个鼓囊囊的橙色登山包是王昊林的，据王昊林说当时他被撞下去的时候，他的背包是放在地上的，所以基本上完好无损。应该是挺沉的一个包，张奔费了点劲儿才拎起来。

"也许答案就在这个背包里。"张奔指着王昊林的背包说。

"打开看看吧"老肖说。

睡袋、衣物、野炊工具……这些都不是张奔感兴趣的东西。

大半把面条、已经开袋的一包小米……食物准备的很充分，笔录里也说他们在山上露营了一晚，面条和小米应该是在那个时候吃过一点。

他终于翻出来一包东西，一个印着物华超市的方便袋里装着压缩饼干、火腿、牛肉干、巧克力。张奔像抓着毒蛇的尾巴把袋子拎了出来，接着他又拎出同样一袋东西，整整齐齐地摆在桌上。

"沈叶秋是饿死的！她是饿死的！"张奔喃喃自语着，声音里带着一丝颤抖。

老肖没有说话，拍了拍他的肩膀，默默地走出了物证室。

张奔突然明白了，老肖是去过现场的，也亲自问过那个躺在病床上并且是唯一知情的人，他肯定早就看出这个问题了，至少在决定给他打电话那时就已经知道了，一个背包里有同样两份干粮，另外一个背包里却什么都没有。

张奔使劲踢了一脚桌子。他给惠芬打了电话，告诉她今天不去她那里了。然后，走出了物证室。

三

张奔在病床那头坐下，目光扫射在王昊林那张黑瘦的脸上。

早上的六点钟，病房安静地掉张针都听得见。张奔从进来到坐下，王昊林只看过他一眼。如果不是张奔咄咄逼人的非要坐在对面，恐怕连这一眼他也懒得看。

"王昊林，有些事情得找你再聊一聊！"张奔省去了哪些诸如"好些了吗"之类的问候，翘着二郎腿，抱着双手，一副漫不经心却又将针锋相对的样子。

王昊林没有说话，也没有看他，毫无表情地盯着天花板，仿佛在等待发生什么事情。

"确切的说是我要问你几个问题,你必须原原本本地回答我!"张奔提高了一点儿音量说,"我问过医生了,依你目前的身体恢复状况,是可以接受我的问话的!"

可能是因为张奔把聊一聊定义成了问话形式,王昊林的喉头动了一下,仍然无所事事地盯着天花板,过了一会儿,他才淡淡地说了一句:"问吧!"

"你能告诉我,你们相恋了六年最终分手的原因吗?"张奔把身体凑近了一点,仿佛他能立即从王昊林身上看出答案一样。

"这还重要吗?"王昊林想都没想地回答说。

"重要,当然重要!"张奔连说了两个重要,他确实觉得这个问题很重要。

"不合适……"王昊林沉默了一会儿,也许是在思考。

"不,这不是真实的原因,我希望你能亲口说出来!"张奔显得很有底气。

他的底气来自搭档老肖。因为王昊林出事后,始终不愿意让家人知道他现在的情况,老肖只能按图索骥般去查找。好在,他昨天下午已经赶到了省城王昊林的家里,还意外见到了王昊林的现任女朋友马亚玲。从王昊林父母哭哭啼啼的声音里,老肖无意中掌握了一个重要信息,就在半个月前王昊林还去了一次金牛谷。

"就是不合适,这还不够吗?"尽管王昊林轻描淡写地回答着,但张奔还是捕捉到了他的一丝恼怒,这让张奔有些兴奋起来。

"既然你不想说,就让我来告诉你吧,"张奔把握十足地说,"因为沈叶秋发现了你脚踏两只船,我可不是信口开河,你的现任女朋友马亚玲也承认了这一点。"

"这关她什么事情?你们找她做什么?"王昊林像个活人似的激动起来,他的神经终于被张奔扯动了。

"你的家人明天就会过来,你是背着马亚玲去的金牛谷,不保证她明天就会知道你是和沈叶秋同去的了!"张奔的嘴角开始挂着一丝胜利的微笑。

"好吧,你还想知道什么,无须你们这么费心地去问我的家人!"王昊林的语调虽然很轻,但明显烦躁了起来。

"半个月前,你是一个人去的金牛谷,你为什么会突然背着两任女朋友独自前往呢?"张奔接着发问。

"我想去哪里无须任何理由!"王昊林依然淡淡地回答说。

张奔没有理会他这种冷淡的态度,轻巧地从怀里取出一张照片,像拔出了一把利剑在他眼前晃了晃。

"我们在你家书房里还发现了一张照片,拍摄地点正是沈叶秋的出事地点，你能否解释一下这种巧合……"

"无可奉告！"王昊林恼怒地打断了张奔的问话。

"好！为什么你的背包里有两份干粮，而沈叶秋的背包里连一块饼干都没有！"张奔冲得一下站了起来，他真想指着王昊林的鼻子骂他不是个东西，还想狠抽他几耳光，难道这种人渣不该打吗？他还是忍住了。

"因为她背不动那么沉的背包。"

"还忘了告诉你，我已经去看过现场了，在你卡住的那棵灌木丛里找到了一些饼干碎渣，说明你曾经吃过东西，所以你蹊跷地活了下来！"张奔指着一个物证袋里的东西说，"并且我们鉴定比对过了，那些饼干碎渣是你留下的。"

"可沈叶秋就没有那么幸运，她摔下去后，是被活活饿死的！"张奔要把对话推到高潮。

"你……你……你出去！"王昊林指着张奔，用着全身的力气大声吼了起来。

"你想让她回心转意，可是遭到了拒绝，于是你动了杀她之心！"

"你知道饥饿的滋味吗？你知道连块饼干都找不到的时候那种绝望吗？这一切都是你精心设计的局！"张奔指着王昊林连珠发问，像戳进了他的内心。

王昊林沉默了，耗完了全身的力气，又瘫死在床上。

奔/逃/的/月/光

张奔突然失去了对手，像在审问一个死人。他围着病床来来回回的走了几圈，时不时用愤怒的目光恶狠狠地瞪上床上那人几眼。如果用目光杀死他不用偿命的话，他现在就想杀死他！

眼泪一股一股的像小溪一样从王昊林的眼角滑过，没有流动一丝声响。

张奔的鼻子里发出了一声冷笑：哼，自作孽不可活！

四

出门前，张奔对着镜子认真地整理了一番，身上穿的是惠芬昨天托人送过来烫洗好了的制服。他非要把"全市破案能手"获奖证书认认真真地摆在办公桌上，好像这样可以证明他是一位名符其实的能手。张奔昂首阔步地出了门，去缴获他的战利品。

病房门口多了三个人，王昊林的父母和马亚玲。张奔推门而入，老肖已经在里面了。

"……一些老驴友在网上发过一些照片，标记出了一些容易出事的地段。我半个月前去了一次金牛谷，找到了那个地方。至于我和沈叶秋之间的关系，并不是你们说的那样，我们在9月20号那天晚上露宿，两人躺在草地上，漫山的萤火虫像一群永不消失的流星，我们渡过了最美好的一晚。"泪花在他眼眶里翻滚着，一滴热泪率先滚落了下来，其余的汇成了小溪。

"我们偎依在一个睡袋里，她哭闹着要我和马亚玲分手。其实你们还不知道，马亚玲已经是我的未婚妻了，我们两人瞒着家人已经订了日子，所以分手是不可能的事。于是，我不得不做出选择……"王昊林这个狡猾的表演家仿佛在做一个艰难的决定。

"在我们第二天早上出发的时候，我说帮她背点东西，我偷偷把干粮放进了我的背包。"王昊林回答说。

"那她是怎么掉下去的？"张奔接着问。

"她站在那里拍照，我从背后推了她一下，就这样。"王昊林带着哭腔坦白了一切。

"你们逮捕我，快把我枪毙了吧！"王昊林抱着头，放声哀嚎了起来。

"你是怎么卡在树丛里的？"张奔没有理会他，继续问道。

"我怕你们怀疑到我，所以我自己慢慢滑进了树丛里。"

王八蛋！好一个苦肉计！张奔心里骂道。

奔/逃/的/月/光

"你之所以那么急着直接去了金牛谷,目的是为了错开其他驴友,你好找机会下手!并且把你的背包放在路边,算定了后面赶上来的驴友会发现你,然后可以救你,还能利用他们为你做旁证,只是你没想到他们晚来了一天,所以差点要了你的命!"张奔站在床前,怒不可遏地说。

"是的,都是我……"

没有人去劝他,他是一个十恶不赦的杀人犯,并且能想出那么歹毒的近乎完美的谋杀计划,就算眼睛哭瞎了也不过是一副假惺惺的姿态罢了。

王昊林按完手印,张奔给他戴上手铐,一切算是盖棺定论了。张奔静静地盯着王昊林,他是第一次这么久这么近距离地扫视着一个疑犯的脸。那是一张绝望至极的脸,可还无耻地挂着假装出的悲痛。

他反而觉得有些失望,如果这个人还要抵抗几天他才会觉得过瘾。

张奔出去的时候,王昊林的家人拉住了他,想问个清楚。张奔一句话也没有说,快步往外走去。

临了,张奔还是看了马亚玲一眼,为这个女人惋惜。马亚玲大概从门口值岗的警察口中探到了什么,已经哭成了泪人。

死无对证

五

张奔左手撑着下巴,眼睛盯着一张纸发呆。

这是关于沈叶秋的基本资料:沈叶秋,三十二岁,未婚,经营户外用品,幼年丧父,和其母常居C城。

张奔已经反复看过几遍了,仍然没有头绪。沈叶秋的尸体至今没人来认领,老肖已经去过C城公安局了,也没找到沈叶秋的母亲。

案子就要结了,却找不到受害人家属,这是张奔从来没有遇见过的情况。他终于从座椅上站了起来,他要去找王昊林问个明白。

王昊林暂时被监视在病房里,一只手被铐在床头,只要一动就会哐当哐当地响。弄出点声响才好,像他那样仰面躺在床上,如果不动还真以为躺着个死人,眼睛盯着天花板,没看够似的,又或者能把天花板看出个什么不同来。

张奔突然觉得他面前躺着的是一条可怜虫。他问,身体好些了吗?

奔/逃/的/月/光

王昊林转过头来看着他,异常平静地说,哦,好多了。然后他又反问一句,你有什么事儿吗?

这一句反问让张奔心里很不舒服。他明明是个杀人犯,却像一个重获新生的人,平静、自信、从容,难道他不知道即将被判处极刑吗?

张奔问,你知道沈叶秋母亲现在在哪里吗?

王昊林顿了一下说,在C城。

张奔感觉被戏弄了。又问,我是问确切的位置。

王昊林看了他一眼,又把头摆正望着天花板说,我知道你问的是确切的位置。

张奔忍住了升腾起来的一股怒火,问,到底在哪儿?

王昊林说,C城医院,你们怎么没有查到呢?

张奔脑袋嗡嗡只响,真想一拳打在他的脸上。他那副冷血的样子和异常平静的语气让张奔实在忍受不了。

但他还是忍住了,问,C城哪家医院?

王昊林闭上了眼睛,没有回答他,仿佛要说的话都写在他那张脸上。

这是一个多么不幸的女人,死在这么一个人面兽心的阴谋家手里,连收尸的人都没有。

张奔的太阳穴又突突地跳了起来,突然一拳砸在床头的铁架子上,怒吼道,你他妈畜生!快告诉我!

王昊林只是稍微动了下身体，显然没有被吓到，他叹了一口气说，C城医院，你们去找吧。这可是警察的事儿。

张奔踢了一脚病床，愤愤地出了门。

他累了，真的累了，这是他办过最累的一起案子。

在张奔决定去C城前，他想去见见他的惠芬。每当这时就特别的想她，依恋着她的温柔、体贴，这是世界上最好的犒劳品，吃一口惠芬做的饭菜，然后静静的小憩一会儿……他是确实想她了。

他有时觉得自己是多么的卑鄙和无耻，甚至痛恨自己是个男人，是个浑身赤裸裸的充满了欲望的雄性动物。他伤害过心爱的惠芬，就在自己最得意的那天——中队长的任命下来了——就在他宴请所有宾客的那天。他借着酒劲厚颜无耻地向惠芬求欢，他想借此炫耀自己拥有的新权利，还以为这样可以征服甚至是报复到她。惠芬默默地迎合了他，当他瘫软下来的时候，惠芬给了他响亮的一记耳光。临走时惠芬说"因为我还爱你，所以才让你得逞！"每每想起这句话，比抽在他脸上的那记耳光还要刺痛。

张奔不由地摸了一下自己的脸，似乎还火辣辣的。他抬头一看，惠芬正站在家门口朝着他微笑。

"案子办完了吗？累不累？"惠芬给他倒了一杯茶，"你先歇一会儿，我再炒一个菜就可以开饭了。"

奔 / 逃 / 的 / 月 / 光

"有一点儿累，不碍事儿。"张奔进门后真觉得累了。

"叔叔，你看，我今天写的日记得了优秀。"王青山不知从哪里跑了过来，非要给他看老师批改的作业。

"是漂亮姐姐送给哥哥的日记本。"王青水稚嫩的声音把音调拖得老长。

他们还不知道漂亮姐姐已经不在了，还是不要告诉他们好了。张奔这样想着。他接过日记本随手翻看了起来。

突然，一张照片从日记本里掉了出来。

张奔只瞟了一眼，身体像被什么扎了一下似的，唰的一下脸色变得苍白。

这张照片竟然是沈叶秋的出事地点，和在王昊林家里发现的那张一模一样。

"这张照片怎么会出现在沈叶秋的日记本里，难道……她也事先知道这个地方？"张奔的脑海里闪起一道闪电，一连串的疑问让他坐立不安。

"青山青水，快来端菜，开饭咯！"惠芬从厨房探出脑袋喊到，她的声音永远是那么甜。

桌上摆着张奔平时喜欢吃的梅菜扣肉、醋溜大白菜。可张奔一点胃口都没有，还在想着那张照片。

惠芬还以为他不高兴，关心地问他怎么了，张奔只是说没事。

惠芬知道张奔心里一定有事。吃完午饭，王青山兄弟俩又去镇上的学校上学去了。惠芬收拾好床铺，喊他进去休息一会儿。

"你是不是在想我们结婚的事……"惠芬忍不住地问。

"不，不是，恩，是的，我们结婚……"张奔有些语无伦次地回答说。

"你心里肯定有事，是不是担心他回来……"惠芬又试探性地问。

惠芬说的是她的前夫，县城某地产公司老板。在她生下王青水那一年，他们离婚了，去了一个更远的城市，那里有更多的钢筋水泥为他生出钱来。办离婚手续那天，他对她说，你是为生活而爱，我是为爱而生活，这么多年，我知道你心里还有他，那就成全你们。惠芬本想骂他几句，可话到了嘴边又咽回了肚子，这句话从他那样的人嘴里说出来就让人感到特别的恶心，骂他还真脏了自己的嘴。

张奔没有回答。惠芬依偎在他的胸口，倾听着他有力的心跳，跳得和自己一个节律。

"我们是为爱而活的，如果没有爱，活着也只能是活着……"惠芬幽幽地说，像绵羊一样滑进了张奔的怀里。

"对，为爱而活！"张奔似乎想到了什么。

奔 / 逃 / 的 / 月 / 光

六

　　张奔在C城公安局的帮助下，费了一番周折找到了那家医院。沈叶秋的妈妈确实是在医院里。

　　张奔特意买了一束鲜花，是替沈叶秋买的。他这样想着。

　　那是家中西医结合医院。病床上躺着一位满头银发的老妈妈，床头挂着的牌子上写着她的名字。

　　张奔确认了名字，把鲜花放在床头的柜子上，试着给她打声招呼："您好！我是……"

　　他哽住了。

　　老妈妈的嘴巴动了动却没能发出声来，可能知道自己不能说话了，不想发出咕噜咕噜的噪音，只是用手指了指椅子，示意他坐下。

　　张奔的嘴巴吃力地张了张，却开不了口。他能说什么呢，对这样一位母亲。他不知道自己要做点什么，只好坐了下来。

　　她朝张奔点了点头，微笑着。

　　他坐了十几分钟，老妈妈始终微笑着，时不时指一下水壶，还有柜子上的水果，然后再指一指嘴巴。

张奔猜出老妈妈是让他吃水果。他起身为她削了一个苹果，递到老妈妈的嘴边。老妈妈使劲地摇了摇头，指指苹果又指指刀。

张奔拿刀把苹果切开，一人一半，老妈妈的嘴巴这才扬起一丝笑容。

老妈妈还不知道她唯一的亲人已经不在了。一股潮水涌上了张奔的心头，又挤进他的鼻腔，无法抑制地要冲出体外。他不得不站起身，往门外走去。

一出门，张奔的眼泪就掉了下来。

过了一会儿，张奔感觉背后有人看着他。

"先生，鲜花是您送的吧，老妈妈一直用手指着门外，我猜她大概指的是您！"一位三十岁左右的女人说。

"哦，不好意思，是我，您是她什么人？"张奔连忙遮掩着擦了擦泪痕。

"我是她姑娘请的护工，已经照顾她快半年了，那您是她什么人？"护工说。

"我是警察，我是她姑娘的朋友……"张奔突然一下子说不清楚他是她的什么人。

"警察？我是第一次见您来，有什么事吗？"护工惊讶地问。

"嗯……我来看看。"张奔不得不撒了个谎。

"沈姑娘有一段时间没来了。她特别的孝顺，虽然不在这边工作，但隔三差五的总往医院跑，她的男朋友也经常来。"护工说。

"她男朋友经常来看望老妈妈吗？"张奔问，"是长得高高的，留着偏分头的那位吗？是不是姓王？"他问了一连串的问题，只是想确认这个人是不是王昊林。

"对，是的，很帅气的一个小伙子。"护工又问，"那您来是有什么事儿吗？"

"有个案子牵涉到沈叶秋小姐，我是来通知她家人的，可老妈妈现在讲不了话。"张奔说。

"啊，沈姑娘犯了什么事儿？"护工着急地问。

"她遇上了点儿麻烦。"张奔委婉地说。

"天啦，沈姑娘是多好的人，遇上什么麻烦了？那她男朋友知道吗？这事儿您可千万别告诉老妈妈。"护工着急地说。

"她男朋友……是她男朋友……"本来很简单的一句话，经张奔拖长了音调硬是没有说出口。他是想说出实情的。

"那她男朋友对老妈妈怎么样？"张奔岔开了话题。

"小王啊，他每次来都是抢着照顾老妈妈，端水、喂饭、洗衣服、端尿盆，这家医院还是他帮忙找的关系，不然老妈妈怎么可能住这么长时间……"护工赞不绝口地说。

张奔简直不敢相信自己的耳朵。哎,可惜了……

又聊了一会儿,护工提醒他说进去坐坐吧。张奔同意了。

刚进病房就闻到一股异味。

护工说,糟了,老妈妈又来事了。

张奔知道她说的意思,便说,要不要帮什么忙?

护工说,不用,这事儿您也做不来,您先坐会儿吧。

张奔确实不知道怎么帮忙。他给自己找了一个活,帮忙收拾床头的柜子。

护工一边忙着收拾床上,一边对他说,以前,小王经常过来帮忙,我就轻松多了。最近一段时间他们两人都没来,我可要忙昏头了。

张奔帮忙把一些东西收拾进抽屉。他关上抽屉,又立即打开了。

抽屉里面有一本厚厚的笔记本,和沈叶秋给王青山的那本几乎一模一样。他背对着护工,随意翻看了起来。

扉页上写着:如果有一天我走了,妈妈怎么办??

护工站起身,张奔立即把笔记本放进屉子,心砰砰地跳了起来。倒不是怕被护工发现,他只是突然有了一个大胆的推想。

沈叶秋是不是早已安排好了一切?如果真是这样,又究竟是谁导演了这场悲剧?

张奔联系上C城公安局，又向所长进行了汇报，把那本笔记本作为证据带回了清溪镇。

七

张奔在回去的路上想了很多。他的脑袋几乎再也装不进更多的信息了，如果问题再复杂一点，脑袋肯定会爆掉的。

这些问题一直被张奔带进了办公室。他紧闭着办公室的门，一根接着一根地抽烟，好像抽烟能解决问题一样。

有人来敲门了。张奔听得出来，是老肖。因为老肖习惯用拳头敲门，声音沉闷很多。

张奔没有说话，用眼神招呼了老肖。老肖自个儿在凳子上坐下。

老肖从桌上的半包烟里抽出来一支，点上，猛吸了一口，又长长地吐了出来。

"这是沈叶秋的尸检报告，还有她的病历。"老肖从怀里掏出一沓资料。

张奔的眼睛穿过虚无飘渺的烟雾，盯在沈叶秋的病历上看了好一会儿。

死无对证

他看了足足十来分钟，才抬头问，相机里的数据恢复得怎么样了？

老肖不慌不忙地又从怀里掏出一沓资料，说，都打印出来了。

烟蒂被烧焦了，可能烟灰还烫到了张奔的手，这才赶紧丢进了烟缸。他又拿起来使劲碾了碾。然后把那本笔记本推到老肖面前。

老肖刚看了几页，眉头就皱了起来，越皱越紧。

半响，张奔说，我的意见是立即对王昊林再做一次审讯。

老肖抬头看了他一眼说，这是应该的，我想。

张奔立即动身。王昊林已经被押往看守所了，他是一名涉嫌故意杀人嫌疑犯了。

灯光把提审室的墙壁照得白咔咔的，看起来"坦白从宽抗拒从严"几个蓝色大字还成了很好的装饰品。

张奔撑着两肘，十指相扣，眼睛直视着王昊林。但王昊林懒懒地耷拉着头，丝毫不在乎对面坐着的是谁。

"人不是你杀的！"张奔望着王昊林，沉默了一会，开口就说。

"呵呵，你们都已经把我送到这来了，怎么不是我杀的人？"王昊林冷笑着。

"这一张是从你书房找到的，这一张是从沈叶秋日记本里找到的。"张奔把那两张一模一样的照片摆在他的面前。

"这又能说明什么……"王昊林反问到。

"她患了癌症，对不对？"张奔又把一张检查报告单的复印件放在王昊林面前。

"……你是怎么找到这张报告单的？"王昊林略有一些吃惊。

"我不仅有这张报告单，还有沈叶秋生前最后一次记录的日记本，你不用猜了，我是从医院的抽屉里找到的。"张奔从怀里像变戏法一样掏出日记本。

"不愧是大侦探，连这些东西都可以查到。"王昊林低着头，揉搓着手指。

张奔知道这句话并不是一句切合时宜的赞扬，他也懒得去理会了。

"她事先买了人身意外保险，应该是走了后门吧。不过，这不是我关注的重点。"张奔接着说，"沈叶秋知道自己将不久于人世，但她放心不下老妈妈，你也即将结婚，也不可能放弃家庭为她照顾老妈妈。"

"这只是大侦探的推测而已。"王昊林的语气依然镇定。

"我们恢复了你相机里的部分数据，这是所有的照片。你可以对我们说谎，但照片却不能，我们已经进行了技术分析。"张奔又把一组连拍的照片摆在王昊林的面前。

第一张照片上沈叶秋微笑着，第二张没有了笑容，第三张是一个模糊的向后倒去的影子。

王昊林只扫了一眼，用戴着的手铐一下子把照片全推在地上。

"你走吧，别以为你是大侦探就了不起！"他试图站起来表达他的愤怒，但很快发现自己被死死地锁在审讯椅上。

"告诉我实情，我给你洗脱罪名，这是我该做的！"张奔抱着手，靠在椅子上，一副胸有成竹的样子。

"是我杀了她！"王昊林声音哽咽起来。

"不，情况并不是你说的那样！"张奔立即强调说，"我只想知道那天究竟发生了什么。"

"你不要再说了，别以为你是警察什么都管得了！"王昊林哭嚷着。

"不管你是否承认，我都会查清楚事实，但是这样耗下去，吃亏的只能是你自己。"张奔说。

"你们就惩罚我吧，我是罪人。"王昊林捂着脸，哭得一塌糊涂。

"但我得告诉你，如果你坚持认为是你杀了沈叶秋，属于他杀，她是得不到那笔赔偿金的，你想想躺在病床上的老妈妈怎么办？"张奔压低了声音说，这是他最后一张底牌了。

"不，是我的心杀死了她！"显然底牌对王昊林起了作用,他痛哭流涕地说,"当我知道她患有癌症后,我开始害怕,躲着她,疏远她,独自一个人去了金牛谷散心。回来后,我甚至做出了和马亚玲结婚的决定,是想忘掉她。你说,是不是我杀死了她。"王昊林使劲地捶了捶桌子,手铐敲得桌子哐当哐当响。

"请你冷静一点,我说过我会尽力帮你的,但是你首先要澄清事实。"张奔说。

"你觉得我还需要什么?那只是你们的一厢情愿罢了。你们可以去做很好的宣传报道,然后立功受奖,去飞黄腾达,哪一个人不是自私鬼?"王昊林一声冷笑,笑得张奔无言以对。

"自从她离开后,我也死了,我是爱她的,我得用我自己的人格去爱她!如果不是癌症夹在我们中间,我们会永远在一起!可惜老天爷捉弄了我们,让我们不能在一起,那就死在一起吧。"王昊林任凭眼泪哗哗地滚落。

"你是胆小鬼,还是自私鬼!"张奔也冷笑一声。

"哼,我连死都不怕,你们敢吗?"王昊林反驳着。

"你不敢面对现实,还想一了百了,你想过病床上大小便失禁的老妈妈吗?"张奔的语气急躁起来。

王昊林哭得像个女人,张奔让看守递过来一卷卫生纸,放在桌上。

"你现在要做的是重新振作起来,澄清事实。至于老妈妈能不能拿到那笔赔偿金,那是保险公司的事,不属于刑法规定的范畴,我只管你有没有杀人,这是我的职责。"张奔再次强调说。

"好吧,我承认你是一名好警察,是个真男人。"王昊林终于止住了哭声,擦了擦鼻子。

"当然,我是男人,你也是。"张奔一阵好笑,让看守给王昊林松了手铐,递过去一张纸和笔,说,"你写吧。写好了叫我。"

说完,拍了拍王昊林的肩膀走了出去。

当张奔手捧着被泪水浸透的证词,双手竟然有些发抖。老肖从他手里接了过来,凑在一起看。

老肖说,沈姑娘的死真让人痛心。

张奔说,命运中总会有些意外。

老肖问,我们差点冤枉好人了。

张奔说,好像是这样的。

他的目光停留在证词的最后一段话上。

如果白天像黑夜一样漫长,能否将我们认识的更久一点。如果黑夜像白天那样光明,能否将我们引向未来。如果我们依偎在黑夜里,那就不要天亮。如果我们行走在白昼里,那就永远一直走下去。

死无对证（之二）

死无对证（之二）

在扫视了一圈之后，他的眼睛就被余晖收走了光亮。他的手也离开了轮椅，目光游离在一片快要黄尽了的草坪上。他依然还是有所期望地回望着来路，把可怜的目光落在两道浅浅的印辙里。

只到护工从斜阳里向他走来，王昊林的眼睛这才又亮了起来，嘴角禁不住地抽动了一下。他确定来者正是护工。

"你果然在这里，保险公司的人刚来过了，让老妈妈过两天去办手续。"护工显然是专门来找他的，几米外就向他报告了这个重要的消息。

"其实，你是可以打电话让我赶回去的，没打那就算了。"他装出一副漫不经心的样子，无非是想把没见成保险员的责任归罪于她。然后又问，"那保险公司的人没说别的吗？"

"没有,我说你可能在推老妈妈散步,那人笑了一下。我又问他们要不要请老妈妈回来一趟,他们说不必了,可能知道老妈妈不能说话了吧,叫我带个话给你就行了。"护工说。

"哦,我知道了。"王昊林自顾望着远处。护工以为他会继续说点什么,哪怕是盼咐她去食堂买什么样的饭菜,不成让她把老妈妈推回去也行。但他什么也没说。

虽然看不见他此刻的样子,她想他八成是紧锁着眉头,扳着他那张黑瘦的脸。她可不想继续自讨无趣,更不想去揣摩那颗让人捉摸不透的心。她抬头一看,太阳已经把天空染成了一片血色。她该回去了,给老妈妈晾晒的衣服还没有收呢。

她的影子要比她本人修长的多。走路的样子也比她本人好看,甩动的长发像是闪动在夕阳里的一道黑色火苗。有人正在欣赏她紧绷高挑的身影,并且打算一直目送她拐进围墙的小门。

王昊林已经转过身来了,推着轮椅往回走去。碰巧,他的手机响了。他几乎没有任何迟疑,摸出来就接通了。

对方压根就没给他说话的机会,或者本来就没指望让他回答什么。他只是话筒这边的一位听者,而对方是一名"机关枪手"每一句话都被精心推进了枪膛。对方的结束语里分明带着几分嘲笑,这几乎要刺破了他的耳膜。

这又或是一句多么可怕的诅咒——"我们是一条船

上的。"

　　进院子的斜坡时，王昊林用力推了一把轮椅，眼睛里闪着一丝寒光，嘴里愤愤地嘟囔了一句：死远点儿，都死远点儿去！

　　轮椅上的老妈妈咧着嘴巴，一行眼泪流了下来。

一

　　周一的报纸上整版刊登的都是一堆破事儿。诸如17岁少年为100多零花钱抢劫女司机，婆婆助儿媳相亲骗钱，女子持刀硬闯地铁索钱等。

　　张奔仅仅只是瞟了一眼粗黑的标题，就把报纸丢到一边去了。报纸在泛着微光的桌面上滑行了一段距离，撞上一堆书这才停下。

　　他可没无聊到看花边新闻的程度。何况他满脑子的问题还在不停地往外蹦。他有时怀疑自己的脑袋是不是和别人不一样，弄不好多长了个什么东西。多半是个好东西。他洋洋得意地这么认为。老肖却告诉他脑袋里无论多长个什么东西都不会是好东西。他反倒一本正经地告诉老肖，你懂啥，我这里可都是智慧。这让老肖一点儿也好笑不起来,你就吹吧,但愿全是智慧。他也懒得理他了。

张奔把右手伸得老长,手指敲打着桌面,发出一串轻快的"哒哒"声。思绪立即像一匹野马飞驰而去。他在思考一件重要的事情。

对沈叶秋遇险一案的最后批复还没下来。老肖已经奉所长之命忙着去局里向领导汇报去了,这样的事张奔做不来。但他也不反对老肖这么做,毕竟汇报也是一种工作。

王昊林应该已经赶回C城了吧。沈姑娘的后事总得有人去料理了,唉,真是个可怜的人。

他曾经满怀同情地问王昊林要不要陪他去一趟C城,他只是想去帮帮忙。但被王昊林毫不客气地拒绝了。他认为王昊林多半是误会他了,说不定还以为他是去监视他的。这样也好,省得他亲口把沈叶秋遇难的噩耗告诉老妈妈。要是王昊林亲口告诉她,那得鼓起多大的勇气啊。不过,他更担心可怜的老妈妈能不能接受这个悲惨的现实。

突然响起的手机铃声把他脑海里的那匹野马给牵回了现实。只响了两声就被他快速抓在手里了。是个陌生的号码,他犹豫了两秒就接通了电话。

没用多少介绍,张奔已经弄明白了对方的身份。竟然是照看老妈妈的护工。

死无对证（之二）

"谢谢你还记得我，我是通过你留在老妈妈病历本上的联系方式找到你的。"

"哦，是吗？可能是吧，那么，你有什么事吗？"张奔不确定是不是真在病历本上留过电话，当然是有这种可能的。他能够从她的声音里回想起她的模样。

"这个，我不知道该不该向你开口，已经有好几个月没有人给我发工资了。以前沈姑娘在的时候，她说好一起给我的，可是现在……"她本来说得就有些吞吞吐吐，还故意把话留了一半。

"我们已经给王昊林办了取保候审，他不是去医院了吗？工资的事你可以问问他。"张奔这么说并不是想开脱什么，他也只能这么做，只有王昊林可以解决此事。

"哦，他是来了，可是我没办法向他提起工资的事情。你知道沈姑娘不在了，他和老妈妈也就没必要有什么关系了，何况，他最近老是不爱搭理我……"她依然把话留了一半，故意等着张奔刨根问底。

张奔沉默了。确实，沈姑娘不在了，连接在老妈妈和王昊林之间的纽带也就断了，从法律上讲，他本来也就没有那个义务。

"他最近老是心事重重的样子，变了个人似的。"对方接着说。

奔/逃/的/月/光

"变了？那么，他以前是什么样的人？"张奔没有直接回答她，这是他的惯用思维和腔调。

"他以前热心，起码不会像现在这么冷漠，还有……"护工说到这句的时候，心想，那么他以前到底是什么样的人？她自己也说不清楚。

张奔并不关心她的后半句话，也没打算解决她提的问题。他在确定护工今天打电话来的目的。于是他换了个话题问，"老妈妈现在怎么样？"

护工一愣，半天没接上话。她压根就不想和这个警察谈什么老妈妈的情况。

"她，还好，老样子。"她回答得简单有力，和之前的吞吞吐吐完全是两个样子。她有点儿想挂电话了，真不该向一个警察打什么电话，她很有些不高兴。

"那王昊林在忙什么呢？沈姑娘的后事处理完了吗？"张奔又开始反问了。如果护工是想找一个人吐苦水的话，那他绝对不是一个好的倾听者。

"这个，他没多说，我也没问。只是保险公司的人来过了，可能他在忙保险的事吧，我也不太清楚他到底在忙什么。"当她真想挂掉电话时，说话竟然连贯了起来。

"保险？哦，那么，他会向你支付工资的，那可是一笔不小的数目。"张奔这么认为着。

死无对证（之二）

"可是钱……"

电话断掉了，不知道对方是不是有意挂断的。张奔认为他这么解释也算是能够让护工宽心了，也就没有回拨过去。

世界又安静了，张奔的思维被这个莫名其妙的电话打散了。他的手指又开始敲打着桌面，要让他静静地坐着，那只能是痴心妄想了。他又扫见了报纸上那几行粗黑的标题。这无疑是往他身上泼油，心里腾起的无名怒火一下就烧旺了起来。他一把抓过报纸用力地扔向垃圾篓，嘴里念叨着，钱，钱，我叫你们都喊钱。

他竟然没有丢中，报纸散落了一地。他起身推开座椅，走上去使劲地往报纸上踩了几脚，还骂上了几句，垃圾，真是垃圾。

报纸被团成一坨丢进了垃圾篓。这个世界掉钱眼里去了么？钱到底是祸害人的东西。这句总结足以让他感叹半天了。

远远不止于此的联想和分析，让张奔又想起另外一件难受的事情。实际上，他也正愁着钱，并且这个钱一时半会儿他还拿不出来。惠芬的父亲做了心脏搭桥手术，好不容易安稳下来，结果又查出胃部出了问题。惠芬说，反正老天爷就没打算让人过安稳日子。到是有个有钱人可以提供帮助，在那人还没说完第一句话时，惠芬就知道这肯定不是免费的。那人也不是别人，连他自己都这么说。他说，再怎么说，你的父亲也是我的老丈人，钱嘛，好说，真的好说。惠芬把当时的对话转述给张奔的时候，仍然是一脸的怒色。惠芬说，他说给10万，把老大给他，如果两个都给他，他可以给30万。惠芬"哇"得一声哭了。张奔只是无可奈何地说了两个字：卑鄙。怎么钱到了这些人手里都变成阴谋了呢，要是我有钱，我就可以给惠芬的父亲治病，我要有钱，就带青山、青水兄弟俩儿去大城市转一转，至少可以把房子再刷一刷，再让惠芬张罗布置一个新家。他只能是这样想，能有什么办法？靠他一个月千儿八百的工资，出门坐趟高铁都付不起，就那铁笼子装着一堆人呼呼地跑几个小时，就得花去他半个月的工资。

他想了一会儿才对惠芬说，让我再想想办法吧。

"钱在为难我。"张奔自我解嘲地说，反正对钱是恨之入骨了。还能怎么办？

二

所长送市局政治部的同志下楼的时候，张奔正抱着一摞卷宗上楼。除了所长他谁也不认识。张奔正在犹豫要不要打声招呼，所长意味深长地看了他一眼，然后又陪领导有说有笑地往楼下走去。张奔很明智地住了嘴。并且很快他就知道自己确实没有必要打那声招呼了。

　　所长一送完领导就上楼把张奔叫到了办公室。张奔一进去就看见摆放在红漆木桌上的圆形烟缸，里面竖满了蓝色烟蒂。盯着看了一会儿，那插满烟蒂的烟缸活像一只大螃蟹瞪着几十只眼睛，让他心里只发毛。所长嘴里正叼着一支黄鹤楼，60元一包的珍品软装。张奔想起几年前办的一起案子，一个杀人犯自杀前手里就夹着这种烟。他当时还惊讶这种人怎么能抽得起这么贵的烟，后来才想明白，人家都已经决心一死了，想来一口也正常吧。所长的脸在烟雾里模糊又清晰。张奔心想，你有事就快说，别又绕什么圈子。张奔最终没有忍过沉闷的两分钟，直接站起来说，所长，我去把烟灰缸清理一下吧。所长知道张奔绝对不是那种真心讨好他的人。他似乎找到了话题，摆摆手说，不用了，坐吧。张奔又只好"哦"了一声。所长很麻利地把蓝色的烟蒂又插进了烟缸。怪物螃蟹又多了一只可怕的眼睛。

　　所长开始微笑了，张奔啊，你来所里多少年了？

　　张奔不知道所长为什么突然问这个。他如实回答说，八年有余了。

　　所长说，对，对，我只比你早来所里几天。

奔 / 逃 / 的 / 月 / 光

张奔心想亏你还记得，你既然记得还问我干什么。他一时真不知道怎么回答才好。

他回答说，恩，是咧。

所长终于准备谈正事了。他收起了微笑说，沈叶秋的案子办得不错，各级领导都给予了很高的评价。夸你锲而不舍，无愧于十佳能手称号。

张奔知道这是所长在为后面的一席话做铺垫。他选择了默不作声，静观其变。

所长接着说，刚才来的那帮领导是市局派来考核干部的，我极力推荐了你，领导倒也认可。打算把你作为所里的绝对骨干，作为最佳后备干部人选，所以你要继续努力。

有些话张奔听明白了，有些话又听得糊涂了。绝对骨干和最佳后备肯定是所长自创的名词。张奔从中队长的位置下派到派出所的时候，干部处的领导当着所长的面说，这下给你安排个得力干将，一定要用好这个骨干，多培养培养。那时所长才到任几天，张奔被夸得不好意思，在一旁使劲地挠头。八年过去了，所长还是所长，张奔还是张奔，哪怕今天被所长封为绝对骨干，不也就那回事儿吗？亏他想得出来，最佳后备是个什么玩意儿？

张奔这次没有挠头，但是手脚心里冒着冷汗。他忍不住打断所长说，您有什么事直说吧。

死无对证（之二）

所长没想到张奔还会来这么一句。他略显尴尬地笑了笑说，你看你呀，急性子，还是个急脾气。那我就直说了，老肖是你的好搭档，但是呢，领导想把他调到刑侦大队去，你也知道他都50多岁的人了，也不能一辈子待在乡镇上，以后退休了可以在城区有个窝。我想征求你的意见。

张奔算是明白了，绕这么大的湾就为了说这点儿事。他马上就想到老肖了，这伙计也太混蛋了，偷偷地活动自己的事情，好歹也给我说一声啊，我心里起码好有个底儿，再说你真要去刑侦大队，我也绝对不会拦你，连我都不通知一声，真没看出来你是这样的人啊。

但他转念一想，所长说的也是，人家都这个年龄的人了，想在城区安个家也是对的，这也完全可以理解。他只好顺着所长的话说，那是件好事，我当然没什么意见。

当他说完这句话之后，他实际上是应该感到后悔的。第二天，他主动问了老肖。

老肖开口就来了一句，我呸。

张奔还以为老肖是不好意思说，反过来拍拍他的肩膀说，伙计，没事儿，这事儿早晚大伙都要知道的，再说也是件好事。

老肖一副想笑又想哭的样子，冷静了好一会儿才说，连你都相信这是好事儿？我还真看错你了。

张奔吃了一惊,说,所长亲口告诉我的。

老肖说,你就不问问这是为什么吗?

张奔这下急了,快说,到底是怎么回事?

老肖从衣兜里掏出一包红河,是5元的那种。他一直抽这种烟,嘴上说是这烟抽着带劲儿,实际上再贵一点的烟他也抽不起。老肖递给他一根烟说,抽一支吧。

张奔接了烟说,别来什么弯弯绕了,真是急死人了。

蓝中带黄的火苗烧着了烟丝,老肖短吸了一口说,你不懂。然后又深吸了一口,扬着发红的烟头说,你知道王昊林是怎么这么顺利地办了取保候审吗?

张奔的心被老肖挠得发痒。他说,你卖什么关子啊,真累人。

老肖一字一句地说,因为烟。张奔更加疑惑地看了老肖一眼不在做声,干脆等他说吧,催也白催,越说越邪乎了。

老肖说,王昊林的未婚妻马亚玲给所长送了条60元一盒的黄鹤楼。他又拔了一口烟,补充说,不过,听说又给她退回去了。

哎,这马亚玲也真是的,有那个必要吗?王昊林的取保候审肯定会被批准的,不然谁去收拾那个乱摊子,再说,他已排除重大嫌疑了,只是要等上面最终审核而已。但张奔还是相信了这个老搭档的话。

张奔说，那这事儿与你调到刑侦大队有什么关系？

老肖说，那天我到市局汇报案件侦破情况，有个熟人告诉我，上面已经有意思要提拔所长了，这个精彩的案子绝对可以让他梦想成真。我回来就多了一句嘴，把这一消息告诉所长。所长高兴地连说哪有的事。我给他递了一根烟，结果所长从抽屉里拿出一条烟边拆边说，抽我的抽我的。

老肖说到关键点时又深吸了一口烟。

张奔急得皱了下眉头，问，结果呢。

老肖说，结果，嘿嘿，结果所长高兴过了头，还丢给我一包。说完，老肖哈哈笑了，他为得到了这个秘密笑了起来。

张奔一本正经地说，哦，原来如此。不过也不至于吧？把你调走，再偏远一点儿的位置你肯定不想去，好一点的位置又怕便宜了你，所以刑侦大队最适合你了。

老肖直接把烟蒂丢在地上，摔出一连串火星和一溜青烟。他朝着烟蒂踩了一脚说，可不是。知道吗，所里只有一个解决副科的名额，按理说会轮到我这种老同志，这不，我调走了，不就空出来了吗。你说我是捡了个便宜还是被他算计了？

张奔觉得这真不好说。在基层，同事间私底下发发牢骚，茶余饭后消遣几句领导，也只是嘴上说个过瘾。他只好说，那你觉得呢？

老肖又反问他，你觉得？要是你的话呢。

奔/逃/的/月/光

张奔没有回答他，木讷地摇了摇头。他真不知道，要是这个老伙计走了，谁还和他搭档呢？

三

惠芬打电话让张奔到她家里去一趟，就算她不说有重要的事要商量，张奔从她支支吾吾的语气里也大致可以听得出来。

在赶去惠芬家里的路上，张奔猜想过几种可能。最重要的事情莫过于惠芬父亲的病情出现了状况，急需要一笔钱。但当他急冲冲地出现在惠芬面前，焦急地问什么事时，惠芬并没有回答他，只是像往常一样给他倒了一杯水。

惠芬低着头盯着水杯，看着看着，眼睛也变得水汪汪起来了。张奔心里咯噔一下，难道自己的推测是对的吗？正在他思索如何宽慰惠芬时，她的眼泪已经吧嗒吧嗒地串成了珠子。

与其说张奔是不知所措，还不如说他在怨恨自己的无能。哪怕自己是十佳破案能手，哪怕有很多红本本可以证明他的优秀，但这都改变不了无助的现实。

惠芬抽泣的声音中抖出了几个字，我们不能结婚了。

张奔的脑袋"嗡"得一声，像有个东西突然从脑袋里跑掉了,并且之前这个东西一直占据着他的大脑,现在一切都成了空白。

他极力在这片空白中把控着躯体的平衡。他不得不问她,为什么?你说为什么?我们不是已经说好了的吗?

惠芬的头低得更狠了,她只能说,不为什么。

张奔急了,那到底为什么?是不是因为钱?

惠芬点点头,然后又摇摇头,膝盖头已经被泪水浸湿了,仿佛她只剩下眼泪是可以给他的了。

张奔已经失去了他的思维,继续机械地问那到底是为什么?

惠芬抹了一把眼泪说,不为什么,反正我不能和你结婚了,我对不起你。

张奔在连续问了几个为什么之后,突然想起了那个有钱人,肯定是因为他,还可能是因为他的钱。这个猜想让他立即怨愤起来,但还是尽力克制地问,是不是因为他,他威胁你了吗?

她说,没有。

张奔问,是因为我没钱救你父亲?

她的哭声小了。她说,绝对不是。

这不是在审犯人,但他还是坚持认为要问出个所以然来。

惠芬说,他给了10万块钱。

张奔想起了以前那个有钱人开的条件，10万块钱领走一个孩子。但惠芬是不可能让那个有钱人带走任何一个孩子的。当然有钱人也绝对不会白给10万块钱，只能是有别的原因。

惠芬近乎于哀求地说，求你了，别问了可以吗？说完起身去了洗手间，她想用毛巾擦把脸，总不能一直把脸泡在咸水里，那样非成一块腌肉不可。

等她的头发撩过脸颊时，张奔看到了一块巴掌大小的红印。张奔追上去问，你的脸怎么了，他打你了吗？

惠芬没有回答他，使劲地把水浇到脸上。冰凉的水变成了烈焰，疼痛从脸颊窜到心里。当她再一次捧起烈焰时，张奔抓住了她，递给她一条毛巾。

她从疼痛中冷静下来了，淡淡地丢下一句话，对不起，你走吧，我真得不能嫁给你了。

张奔以为事情问清楚了就可以得到圆满的解决。可有些事情不问清楚的话结局还会好一些。

他很快就发现了垃圾篓里的一条女人内裤。空气中还有一丝恶心的腥味。他甚至可以确定味道正是从那条内裤上发出来的。他越看越觉得恶心，哪怕屏住呼吸。

他以为什么都弄明白了，他发了疯似地问，他给你钱了？你和他……

最好是一记响亮的耳光地扇在他的脸上。但是只有绝望的声音从眼前这个女人的胸腔里发了出来。你走，我不让你管……

张奔意识到自己确实不该问的那么清楚。他也不想怨恨这个物质的世界了，此刻连犯罪分子都不那么痛恨了。

好，好，我不管，我也管不了，那我走！但他没有说出来。因为他认为没有说出来的必要了。

他眼前晃动着两具赤裸的肉体，还有一堆钱。他已决心交出自己的主权了，反正自己只剩下自己了。

四

老肖调走后，张奔把自己变成了一件废弃物，藏在办公室那间小屋子里。再也没有谁用拳头捶他的门了。那是多么熟悉的一个声音，像出征的战鼓，可是现在没人出征了。

不过，还是有人敲他的门。听得出来是用巴掌拍的，很用力。连着拍了几下之后，就有人扯着嗓子喊他，张奔，开门。只有所长才能像广播那样随便喊叫一个民警，那么高傲和理直气壮。

门懒洋洋地被打开了。所长给张奔简单介绍了两位他从来

奔/逃/的/月/光

没有见过的同志,两位同志也象征性地亮了亮证件,然后就堂而皇之地坐在了他的办公室里。

"张警官,你在3天前给吴琴打过电话吗?"小平头问张奔。

"谁是吴琴?"张奔第一次听说这个名字。

小平头把一张照片推到张奔面前。是护工!张奔诧异了几秒之后,就想起来了。

"是的,不过,是她打过来的。"张奔更正了一下。

"她出事了。"小平头望着张奔说。

"哦?出什么事了?"张奔越发觉得吃惊。

"被杀了。"小平头说。

在张奔看来,小平头的眼神和语气已经触犯到他了。如果你们想打听点什么消息,那么最好说点儿好听的话。他心里这样想着,脸上也生出不屑的神情了。我凭什么要给你们好脸色看?再说,我不欠你们的。你们少在我这十佳破案能手面前装神弄鬼。

"哦,我不是她的家属,你们不用通知我。"他是故意这么说的,别人也听得出来。

坐在小平头旁边的中年男人清了一下嗓子,小平头看了他一眼,知道他要讲话了。

中年男人清完嗓子没有立即说话,而是呵呵地笑了几声,

死无对证（之二）

他以为他的笑声可以打破这个不好的开局。

"张警官，千万别介意，我们来之前先找所长了解了一下，所长说你前几天去过C城。所以，我们想把这件事情问得清楚一些。"中年男子比较明智地解释了一番。

张奔想起来了，他那天给所长说准备去C城看看老妈妈，所长非常生气地说上面马上来检查执法规范化，你还有闲心做这些事情。所长当然认为他是在做一件极其无聊的事情，于是就让他做这个然后又做那个，做完了才可以去，结果自然是没去成，事情哪能做得完呢。

按说他一定会暴躁如雷地骂所长这个王八蛋，可他现在转念一想，他现在完全没有这个必要了。所长早就不在乎他这个十佳破案能手了，刚才向外人介绍的时候所长只是指着他说，这就是我们所的张奔。这让他很难过，他怎么就这么不重要了呢？每次发生命案的时候，那些认识和不认识的领导都在所长的指引下，和他亲切握手，他像所长发出去的一张名片，让人看了就会笑嘻嘻地夸他。那时，他骄傲地像是吊在派出所大门顶上的那盏两百瓦的灯泡，光芒四射，是照亮希望的璀璨明珠啊。

"我只是准备去，但所长安排我做了他认为更为重要的事情，所以，没有去。"张奔的屋子很久没有人说话了，尽管来者有失礼数，但还是好过他一个人胡思乱想吧。

奔 / 逃 / 的 / 月 / 光

"你是最后一个和她通电话的人,我们想问问你们谈了些什么。"小平头忍不住地又问了起来,然后又觉得有些不妥地补充说,"或许我们可以从谈话内容里找到点什么线索。"

"她是怎么死的?你们查出来了没有?"张奔想了想,那次对话里确实没谈什么,电话是在他还没有弄清楚来电目的的情况下就挂断了的。

"这个,我们还不能透露,规矩你是懂得的。"小平头说。

"这么说来,你们对我是有所戒备的。"张奔说。

"也不是,只是我们目前还没有查清情况。"中年男子在一边打起了圆场。

"也不是"也就是不全是的意思了,张奔为自己沦落为嫌疑对象感到新鲜和来劲儿。他一点也不气愤,最好把他带走,关到某个没人知道的地方,没日没夜地审问他,审得他忘记痛苦,忘记现实。

有人捶门了,是用拳头捶的。屋里的三个人肯定都听到了。张奔没有动,他懒得动。小平头起来了,像主人那样去开了门。

进来的当然不会是别人,只有可能是老肖。张奔望着他就是不说话。

"李队长,刚才你们那边发了个传真过来,死者体内提取

死无对证（之二）

到了少量精液，是A型血。"老肖对中年男子说。

小平头和中年男子起身接过了那个传真，仔细看了起来。张奔还是坐着，他已经准备好当嫌疑对象了，这是多么好玩的游戏。可他知道自己是AB血型，怎么就少写了个B呢。

"伙计，你呀，跟别人较什么真呢，都是自己人。"老肖小声对张奔说。

"那么，我该特别感谢你了？"张奔苦笑了一声说。说完，他觉得不过瘾，又说，"你还回来干嘛，我一个人呆着才舒服几天呢。"

老肖知道张奔需要发泄几句才会正常一点。老肖去刑侦大队报到的那天，是张奔送的。车上两人啥话也没说。张奔把那辆破富康开到了九十码，车子在抖动中飞一般的驶往目的地。要是在平时，老肖肯定会嚷起来，"你不要小命了，我还要老命呢。"到了刑侦大队门口，老肖下车的时候，张奔忍不住地说，我开快点，你这个混蛋。老肖难过地很快转过了身，一句话也没说的走了。

"哎，你想怎么挖苦我都行，不过，我来是要告诉你一件正事儿。"老肖又开始吊这位老搭档的胃口了，他神神秘秘地说，"护工被害案牵扯到王昊林。"

张奔先是一愣，但马上就反应过来了，"你确定？"

"当然。"老肖知道他现在已经调动张奔的神经了，"就凭你满脑子的智慧，我无须再介绍更多情况了吧。"

张奔晃荡着的二郎腿立即收紧不动了，王昊林啊，王昊林，你怎么和护工扯上关系了？

他有些紧张地说，"那，王昊林控制起来了没有？"他突然想到如果王昊林和护工这层关系属实，那么护工给他打电话究竟想说什么呢？

"据说，在他准备逃跑的时候，我们的人抓住了他。"老肖说，"老伙计，我已经替你想好了，领导已经同意派我们一起前往C城调查了。于公于私来说，我们都应该参与调查，你说呢？"

张奔笑了，"好吧，我总得找个伴，孤家寡人可是没法过下去了。"他脑子里又开始转动了，想着护工是怎么死的。

五

在去护工家里的路上，C城刑侦大队的一个同志说，这个女人也不是什么好人。张奔没搭理他，心想，你们先还打算往我身上怀疑呢，真是可笑！

八楼外面挂有衣服的就是护工的住处。C城刑侦大队的同

死无对证（之二）

志继续介绍说。

阳台上凉着一条米色的床单，洗得有些发白了，几乎可以认定就是白色。和床单一起飘荡的还有两条丝袜和一个胸罩。床单下面放着一个用来接水的塑料盆，里面可能还有一些少量的水，一只猫正趴在盆子里舔着。可怜的小动物显然还不知道女主人已经死了。胸罩是单独挂在衣架上的，左右晃荡着，像在和谁招手。看样子快要下雨了，风里满是灰尘的味道。

现场已经封锁起来了。报案人是房东。房东已经催缴几次房租了。房东知道护工只有晚上在家，她每次得费一些时间从别处赶过来，所以不管护工给不给她房租费，她都会生气地说，把房子租给你真是倒了霉了。结果她最后一次拍打着自家的门时，竟然没有人开门。她怒气冲冲地边掏钥匙边骂着"鬼女人又在搞什么名堂"。一只猫突然跳到她脚边上"喵喵"地叫着。她一脚把猫踢开了，大声喊着"吴琴，今天不给钱你就给我搬出去！"当然不会有人给她房费了。她很快就发现倒在客厅沙发上的吴琴了。她还穿着棉睡袍，胸口是敞开着的，脚直直地伸着。房东立即吓得尖叫了起来。然后，她说看见当场就吐了一地。

现场没有发现撬动的痕迹，暂时也没有发现丢失什么贵重物品。不过，丢没丢失物品还不能完全确定，因为死去的主人是不能开口的。在地板上发现了一只摔坏了的运动型手表，可以确认是王昊林的。另外在现场提取到了王昊林的脚印。

在做了一些他认为必须要做的调查工作之后，张奔这才走进审讯室。他背着手在审讯室里走了一圈，像猎人在巡视他的战场。猎物就在眼前那张漆黑的铁椅子上低垂着脑袋。猎人不紧不慢地走来走去，好像没有看见他一样。

"这里的条件不错，审讯椅都是新的。"张奔停下步子说。

半天没有人回应，张奔侧过身看了王昊林一眼说，"你说呢。"

"她不是我杀的。"王昊林还是低垂着头。

"那么，请继续。"张奔洋洋得意地说。

"她真不是我杀的。"王昊林嘴里只有这么一句话。

"你只是和她睡了一觉，发泄完你的兽欲后，你就舒服地离开了，仅此而已？"张奔坐下来翘起了二郎腿。

"我真没杀人。"王昊林这次抬起了头。他这副可怜的模样倒是装出了几分委屈。

"你已经狡辩到词穷了。"在和王昊林四目相对的时候，张奔的眼神是占了上风的。有次老肖忍不住对他说，在嫌疑人面前，你总是那么信心满满。张奔以为老肖是夸他，嘴上高兴地说，那是，当警察的怎么能输给一个罪犯呢。其实他不知道，老肖更想说下半句话。

死无对证（之二）

"警察生活是你的全部，可我不是。"王昊林说出了老肖想说的那半句话，像野兽亮着锋利的爪牙一步一步逼近张奔。他看见张奔脸上泛起了怒色，马上不失时机地又添了一把火，"我有男女关系也不犯法，我告诉你没有杀人，只是想让你留点精力去找出真凶。"

是啊，除了警察生活还是警察生活，并且过得还很糟糕。张奔发怒并不是因为别的，而是这句话是出自一个嫌犯之口，如果是老肖说出来，或许他不会显得特别的狼狈。

但张奔很快冷静下来了。他想起那次在惠芬家的后院，看见邻家的一只小猫抓住了一只老鼠，小猫轻咬着老鼠，然后故意松开口，老鼠拼命地往前跑，小猫跳出去把它按住，咬一口又松开，老鼠又拼命的往前跑，老鼠可能知道这是最后的机会了，跑的距离似乎超过了小猫允许的范围，小猫终于找到了干掉老鼠的理由，扑上去并且愤怒地咬断了它的脖子。

他现在已经找到了猎物的弱点。他越是对猎物不管不问，猎物越是焦急地想知道结果。他已经看过一份关于吴琴的资料了。这女人曾有一段不成功的恋爱史，那时她还仅仅是沈叶秋户外服装店里的一名员工，没多久就和一名男员工好上了，随后就遇见了老板的男朋友王昊林。王昊林趁着沈叶秋几次生病住院，就和吴琴勾搭上了。

"你游离于女人之间，认为这是一件光彩的事情，并且能够说明你很有吸引力?"张奔继续逗着他的猎物。

"每个人都是有需要的。"王昊林试图抽动被铐住的双手。

"这是你设计好的一连串的阴谋。"张奔依然只是旁敲侧击。他必须解开心中的疑虑,王昊林为什么主动承认杀了沈叶秋,而这次却坚持说没有杀吴琴。他一定在掩盖一个真实的目的。他接着说,"你已经把自己玩死了,所有的证据都在指向你……"

"我和她那个只是为了缓和一下关系,老妈妈还需要她帮忙照料,沈姑娘的后事我还要料理……"王昊林迫不及待地解释着,好像他是全天下最忙的人。

"你真是厚颜无耻到家了。"张奔真想狠狠地扇他几巴掌,像那只小猫一样跳上去把他按住,咬断他的脖子。

"在生活面前,无耻和高尚本来就没有区别。"王昊林收拢双脚的时候,把脚镣拖得哗啦响。

"你有作案动机,有作案时间,有你留在死者体内的精液,你遗留在现场的手表停摆的时间刚好与死者遇害时间吻合,只有你可以自由进出死者的房间。"张奔掰着手指一条一条罗列给王昊林。

王昊林的身子在审讯椅里挪动了一下,应该说是前后轻微地晃动了一下。他的眼里闪过了一丝慌乱。确实,他是和她发生过关系，他有她房间的钥匙，还有那只该死的手表也是他的，可他确定自己真没有杀她。

"我真没杀她，我可能被陷害了。"王昊林说这句话的时候，眼睛都已经瞪大了，可能真的想起了什么。

"你要继续抵赖吗？我可不想再听你在这儿厚颜无耻地大谈你的需求论。"张奔只是随口回应了王昊林一句，然后等待他的反应。

吴琴是被人从正面掐死的，指甲缝里有另外一个人的血迹，并且已经查验不是王昊林的。张奔并没有把这些告诉王昊林，他只是想让王昊林恐慌起来，乱掉阵脚。

"手表可以证明，对，就是那只摔坏的手表。"王昊林的眼睛又复活了，像刚刚逃脱猫爪的老鼠，贼溜溜地望着张奔。见张奔没理他，他接着说，"我进屋的时候随手把手表丢在沙发上，但那时绝对没有摔坏，我中途还看了一次时间的。肯定是后来有人进了她的房间，然后加害她的时候摔坏的。"

张奔装着没听见，起身又在屋里踱来踱去，还非要用脚跟把瓷砖磕响了不可。他一步一响地踩着节拍，还故意看了看王昊林脚上的镣铐，那意思是说，瞧，我就爱这么愉快地走着。

"我可能是被他陷害的。"王昊林脸如死灰，他终于想到了一个人。

张奔停下步子，望着王昊林。

奔/逃/的/月/光

"肯定是他，你们快去调查他吧。"王昊林终于开始抓狂了起来，他以为张奔会非常感兴趣并且急于问那人是谁。

早在张奔正式审讯前，他已经向专案组表明了自己的态度。他喜欢反驳一群人的感觉，但他不屑那种吵架式的争执。只有轮到他发言的时候他才会娓娓道来。如果有人试图打断他的发言，他也会停下来，用手指轻快地敲打着桌面，看也不看别人一眼。等别人快说完的时候，他会说，我想这是我的发言时间，如果还有人要说，那么请排队。有人会小声地说他神经有问题。这并不妨碍他继续阐明自己的观点，"吴琴不是王昊林杀的，他不会蠢到把精液、手表都留在现场，并且现场没有任何破坏痕迹，死者指甲缝里的血丝、脖子上的掐痕也不是王昊林留下来的，我和他握过手，他的手虎口很大，而掐死吴琴的人更像是一个瘦弱的男人干的。"没人当场反驳他的观点，尽管有人不喜欢他的这种说话方式。也有人悄声给旁边的人耳语，"他还以为自己是福尔摩斯"。最后还是有人提议让他主审王昊林，有人也愿意把这种难缠的活让给他去干。领导定夺的时候，只是呵呵一笑，"那就辛苦我们十佳破案能手了。"张奔微微点头也就答应了这份差事。

张奔回到座椅上，点燃一支烟，然后扬了扬手中的烟对王昊林说，"听你胡扯，我有些犯困了。"

不用怎么掩饰，王昊林肯定是恼怒了。他开始害怕自己现在的处境，莫非跳进黄河也洗不清了？

"十佳破案能手也是一个蠢蛋！"他无力地反击着。

张奔笑了，"行，那么，告诉我那个人是谁？"

"雷洪利"王昊林说出这个名字的时候，眼睛都冒着火。

六

从街道口往西走二百米就到C城保险公司大楼了。这可真是一个热闹的星期一。堵车高峰一过，张奔几人就匆匆赶了过去。

大厅里大概是有人嚷着要退保险，有两个客服人员正努力地劝说着什么。然后有个中年保安上前询问他们来干什么，他可不想大厅里又生出几个吵架的人来，那情况一定会糟透了。

有人晃了晃证件，告诉他是来办案的，已经和高总联系过了。保安警惕地抄起电话问了一通，得到确认后才领着一行人上了三楼。

高总有着一副漂亮的娃娃脸，如果不是浓妆艳抹的话，那样子更招人喜欢一些。她开口一笑，就像切开的西瓜，嘴角拉到老后的位置，标准的一个大嘴美人。

奔/逃/的/月/光

寒暄几句之后，高总就收起了笑容，他们开始谈论一个人。

"他在我们公司干了5年，平时也没听说有什么不好的情况，保险员是直接在外面跑客户，一般星期一才会要求员工回公司。"高总拿起办公电话正要拨号，"要不，我叫他到我办公室来，配合你们工作。"

显然她没意识到她的员工涉嫌一起谋杀。她接到C城公安局的电话时，被要求对此事严格保密，并且要积极配合。

张奔摆摆手说，"谢谢，不用了，我想到他办公的地方看看。"

从几位警察严肃的表情上高总大概看出了事情的不妙，她起身把张奔带到外面的办公区。高总指着最里面一间玻璃隔断说，他是小组长。那人正埋头在电脑上敲打着什么，穿着一套黑色的工装西服，可能衣服尺寸还有些大。

男子抬头看了一眼，起身对高总说，高总，您找我有事？

高总说，不是我，是这位警察同志。

男子的脸唰得一下变得惨白，像高总涂抹过粉脂的脸。张奔看了一眼挂在男子胸前的工牌说，你是吴琴的前男友雷洪利。

男子已经开始吞吞吐吐起来了，回答说，是的，是我。

张奔亮出一副手铐，说，跟我们走吧，你涉嫌故意杀人。

高总连忙说，你们会不会弄错了？

张奔说，你问问他有没有弄错。

雷洪利看了一眼他的美女上司就低下了头。他说，高总，工作资料都在我抽屉里，还有一些私人物品请您帮我代管。

高总劝慰他说，你别急，好好配合警察同志，把事情说清楚就好了。

这个瘦弱的男人二话没说地把手伸进了手铐，他低着头说，对不起，我可能不回来了。

高总只能着急地点点头，然后送走了张奔一行。

如果拿雷洪利与王昊林相比，雷洪利应该属于坏人里面的好人。张奔甚至有点儿同情雷洪利，竟然和他有些同病相怜的感觉。

"是你建议让王昊林把老妈妈转到C城医院的，那个所谓的医院熟人朋友大概就是你了。"张奔说。

"如果我先前知道和吴琴好的男人就是王昊林的话，我一定会先杀了他的，但现在已经都晚了。"雷洪利似乎有些答非所问。

"你是怎么认识王昊林的？"张奔问。

"吴琴有天告诉我，说他的一个朋友请她帮忙照顾一位老人，老人患有偏瘫，还让我办份保险。结果去了之后，我才知道要办保险的人是我原来的女老板沈叶秋。"雷洪利叹了一口气又接着说,"她让我帮她办一份保险,可她连办理重大疾病保险的条件都不够,那个时候她已经患了癌症。她痛哭流涕一番之后,王昊林递给了我一万块钱,让我想想办法,我是从那时认识他的。"

张奔掏出一包烟,问他,"抽烟吗,来一支?"

雷洪利点点头,张奔给他松开一只手铐。烟雾刚刚到达雷洪利的鼻腔,他就猛烈地咳嗽了起来。

"我不会抽烟,但我现在应该尝一口了。"雷洪利吸第二口的时候,感觉好多了。"那天夜里,我喝了点酒就去找吴琴,正好碰见王昊林从她屋里出来,我就质问她,结果她骂我是个没用的东西,我就动手打了她,你说这种贱女人是不是该打。"

"你冷静一点儿,慢慢说吧。"张奔不得不劝慰了他一下。

"她竟然厚颜无耻地对我说,我就和他干了又怎么了,我给了她一巴掌,她反过来咬我,我把她推倒了,她就踢我抓我,后来,我掐住了她的脖子,就这样,其实,我一点儿都不想掐死她,我是爱她的,我只是想教训教训她。"雷洪利长长地呼出了一口烟,烟雾很快散开了。

"这一切都是他们设计好的圈套,只等着我往里面钻。我一定会被判死刑的,死了也好,不过,你们绝对不能放过王昊林那个王八蛋。"他的眼里流过一丝愤怒之后,马上又陷入了绝望。他不忘强调一句,"你们必须把他绳之以法。"

"沈叶秋是他推下去的,出事的时候,我在现场。"雷洪利说,"他骗了你们,真的,骗了你们,他是个人渣。"

"你是说王昊林把沈叶秋推了下去?"张奔被烟呛了一口,咳嗽了起来,这确实是个让他坐立不安的消息。

"是的,他让我给他们拍照,然后故意让沈叶秋站在危险的位置,最后把她推下去了。他自己不是主动向你们承认过吗,可你们不信,真是荒唐。"雷洪利回答说。

张奔的脸很有些发烫,他不得不继续问:"照你这么说,他为什么要主动承认呢?"

"你们可以理解为他是因为愧疚。"雷洪利嘿嘿一笑,望着散开的烟雾。他又接着说,"但像他这样的人怎么会愧疚呢,这最多不过是他的苦肉计罢了,他害怕大侦探您早晚会查出这件事,一定是这样的,他就是一个大骗子。"

雷洪利悠然地抽着剩下的半支烟,嘴角挂着一丝笑意。

有时候,人是无法正确表达自己的震惊和愤怒的,但最终还是不得不心如止水地去面对一切。小人永远在振振有词地指骂别人,要不然卑鄙怎么能成为卑鄙者的通行证呢。很多人正在被权、钱、性所左右并且被包围,生活有时会让人忍俊不止时放声大哭,理想和意义被人谈没了,谁又是那个假装傻子的

奔/逃/的/月/光

人呢？

张奔并不认为自己是那个傻子，他只是被别人当成了傻子。

张奔有些后悔给了雷洪利这支烟，这个瘦弱的男人竟然变得强大起来了。他突然想起在哪里见过这个人，心里不免恐慌起来，几乎是摇晃着走出了审讯室。

七

老肖陪张奔一起赶回了清溪镇，然后很快调阅了镇上的监控视频，完全可以确定雷洪利是和王昊林、沈叶秋一起下的那趟班车。

十佳破案能手奖杯端端正正地立在张奔的办公桌上，并且从他斜躺着的角度刚好闪过来一丝亮光，刺得他有些炫目。那可是一只设计精美、气派的水晶奖杯。

"伙计，别这样，我们不是没有结案吗？没有结案就不存在办了错案，对不对。"老肖安慰张奔说，他害怕这种沉默。

张奔坐直了身子，躲开那丝亮光，朝老肖扔过去一支烟，"我太感情用事了，恰好被王昊林这个王八蛋钻了空子，警察

死无对证（之二）

是不该有同情心的。"

"下一步怎么办？"老肖接住了，提醒他说。

张奔起身抓起奖杯，看了一眼，然后狠狠地摔在地上。"这玩意留着碍眼，你说呢？"

老肖愣愣地看着他，半天没有说话。他拍拍张奔的肩膀说，"好在雷洪利已经交待清楚了，走吧，我们再去会会王昊林。"

王昊林把笔录复印件撕得粉碎，他涨红着脸咆哮地叫嚷着，"他这是报复陷害，他是小人，真是个小人！"

"你最好给我老实点。"张奔一巴掌拍在桌子上，一支签字笔被震掉滚到了王昊林的脚下。

"我手上有一段视频，是雷洪利杀了沈叶秋。后来，吴琴告诉他，她看过这个视频，于是他又杀了吴琴，就是这么简单。"王昊林怒目圆睁地看着张奔说，"事实会证明你们都错了。"

视频很快就到了张奔手上，是驴友常用的迷你摄像机录制的。当负责鉴定视频真伪的同志告诉他这是真实的原始资料时，张奔立即明白了王昊林为什么那么嚣张了，他藉此早就要挟过雷洪利，一切都被他算计好了。

"这一切都是真的，我还可以补充一些细节告诉你，雷洪利只是轻轻推了她一下，但毕竟是推了，而且她也是因此没站稳掉了下去。"王昊林开始露出胜利的微笑。

"你是故意把这个消息告诉吴琴的,刚好雷洪利这个蠢蛋中了你的奸计。"张奔说。

"这只是你的猜想,证据只显示是雷洪利杀了人,而不是我。"王昊林说。

"雷洪利已经供认是你导演了这一切,你是主谋!沈叶秋的死你难逃干系!"这是张奔最后一记重拳了,他以为就此可以扼住这张喉咙。他实在不想听他们内讧了。在这场撕咬中,无耻的人占据了上风。此刻,他们一起撕咬着张奔。

"每个人的生命都有终结,你也会有那么一天。相比一个警察的生活,我依然是社会精英。"王昊林自鸣得意地奸笑起来,竟然是满眼的骄傲。

"你最好给我住嘴!"张奔说这句话的时候,王昊林已经感到一阵凉风扇到了他的脸颊上,然后是火辣辣地疼。

张奔收回了自己的手,他感到一阵恶心,为他碰到这么可恶的东西感到恶心。在他愤怒地收拢目光的时候,眼前只剩下一张狞笑的大嘴。就在一刹那,他变成了悲哀的猎物,无助地挣扎在邪恶的陷阱里。

一股热流正从他的鼻腔里涌出,弄得嘴巴里也是咸咸的。王昊林惊恐地望着张奔。张奔下意识地摸了一下,满手的鲜血。

死无对证（之二）

尾　声

很多人都看见了救护车在街道上划过的那抹炫丽的光带，那时张奔还清醒了一阵，他对老肖说，下辈子别在当警察了。

老肖抓着他的手说，好。

张奔笑了笑，轻轻地闭上了眼睛。"我一定是困了，惠芬如果在这里就好了。"他还在这样想着，老肖已经泣不成声了，泪水慢慢浸湿了他从张奔口袋里掏出来的那份脑部CT诊断书。

窗外已经呼啸起北风了，该是另一个季节了。那些适应了黑夜的情绪滋长成了孤独，只剩那具疲惫不堪的躯体仍然被活着的思想拖曳着，在异地他乡彷徨。

无声告白

无声告白

一

炸雷在黑灰的云层里翻滚了几声之后，雨就像一张巨网撒向了整个城市。

刘青海就是在这个时候被惊醒的。他伸手够着了副驾驶座椅上的手机，按亮屏幕一看，没有短信也没有未接来电。

哦，时间才过去两个多小时。他很快又若无其事地打起了哈欠。

路灯不知道是什么时候亮起来的。勉强透过来的灯光一股脑儿地打在车头上，雨珠在引擎盖上弹跳着，泛起了一层迷离的细雾。

雨刮器像失控的秒针，疯狂地摆动着，扰得刘青海心里一阵发慌。或许要发生点儿什么了。他这样想的时候，护士站的电话就来了。

护士通知他直接去三楼。真要命。他嘀咕着，脚下的步子也加紧了。雨削尖了脑袋冲他迎了上去。鞋子一下就浸满了水，走起路来咯吱咯吱地响着。

三楼是手术室。走廊里候满了带着大包小包的人。像刘青海空着手的怕是再也没有第二个了。不过，他是从哪里冒出来的，是怎么被淋成那样的，是全然没人理会的。每个人都忙着呢。

一名中年护士在走廊里扯长了声调喊道：李佳雨的家属，哪位是李佳雨的家属？

不难想象当这个浑身透湿的男人出现时，嘴里还哆嗦着"我是李佳雨的家属……"，护士当然会没好气地对他嚷嚷起来的。

中年护士递过去剖宫产手术通知单，然后指着一个位置说，"把这个看一下，然后在这里签字。你老婆不能再等顺产了，必须马上进行剖腹产手术。"

雨水从刘青海的袖口淌了下来，有几滴还滑到手背上来了。

他扫了一眼风险须知，犹豫了。他必须得认真考虑一下他的身份。如果非要把他和李佳雨扯上点什么特殊关系的话，恐怕得把时间推演到他们的学生时代，那也只能把他们的关系界定为曾经相互爱慕过而已，也许是超过了一点爱慕的界限，但也仅限于此了。

中年护士有些着急了起来，"刚才广播了半天也不见你人影，手术都有风险，必须得签字……"

她的意思很明确：这都是程序，赶紧签字，所有来这生孩子的人都必须签。刘青海懒得理她，继续看他的须知。

中年护士终于爆发了，"看看，你都耽误多久了？出了事，你负责？"说完，她又补上一句：你要签就快一点儿。

刘青海看完须知，多少是有些慌张的。好几项上都注明了"可能会出现休克……窒息"，这些字眼对于他来说，是需要勇气去拿捏的。

他觉得应该向护士说出实情，想到这，语气也就软了下来：其实，我不是李佳雨的家属，我是她的……

中年护士没等他说完就抢过了话：你们刚入院时，登记的是你的名字。我们不找你找谁？

刘青海边签字边忍不住问：那她，现在怎么样？

中年护士没好气地说：人都进手术室了，如果再多啰嗦几句……你在这儿等好了，别让我们又找不见你人。

护士的话像窗外的暴雨把他浇得一惊。是啊，时间多过一秒，佳雨就多痛苦一秒。签吧，也只能这样了，只要佳雨没事就好！他的心已经提到嗓子眼儿。

现在最重要的是等待，等待那声啼哭。可等待又是一件多么让人煎熬的事情。他双手握拳，抵着下颚思索着，默默祈祷李佳雨母子平安。

手术车一推出来，刘青海和李佳雨的目光就撞上了。只对望了一眼，李佳雨的目光就像弹珠样跳开了。她的眼神里一半是感激，一半是无奈。这是刘青海从来没看到过的李佳雨。

他轻声喊了一声：佳雨。

李佳雨噙着眼泪，没有说话。她闭上眼，头扭到一边去了，指尖大的一汪眼泪滚了下来。

"来，家属抱着宝宝。产妇要回病房了……"

孩子被一件深绿色的医用罩衣裹成了一只蚕茧。

刘青海慌忙腾出一只手去接孩子，动作笨拙到了极点。

"抱被呢……没有？怎么会没有……那找件衣服也行。"小护士见他这般，把转交孩子的手又缩回去了。

刘青海压根就分不清哪是什么抱被，这是一件第一次闯进他生活里的东西。他在袋子里翻找着，这还不止，袋子里的衣服全掉在地上了。

有好心人帮他找到了抱被。他这才发现抱被就是用来包裹婴儿的小被子而已。他有些哭笑不得。

他一会儿说着谢谢，一会儿说着对不起。谢谁，又对不起谁呢，反正他是一塌糊涂的。

刘青海走到床头摆放的塑料凳子前坐下。他轻声说，"对不起，我没有帮上什么忙。"

"不，我已经不知道该怎么感谢你了。"话一出口，李佳雨的眼泪就滚下来了。

"佳雨，你，先休息吧。"刘青海握住了她的手。

这是一双带给他无限留恋的手。他曾牵着这双手走过学校的足球场、图书馆，当然还有女生楼前那条绿荫大道。没想到，几年后，老天会安排他再次牵起这个女人的手，而且是在这个时候。

不一会儿，孩子被护士送进来了。

"我是管床护士杨莎莎，这是注意事项，家属认真看一下，然后这里签个字。"她递过来一张告知书。

"是签这里吗？"刘青海已经适应了这种签字形式。

"最下面一栏。"杨护士说话的时候，扫了一眼仪器屏幕上的数据，"你老婆生产时受了不少苦，多费点心照顾她吧。"杨护士又交代了一些其他注意事项，就出去了。

虽然"老婆"这个字眼听起来有些别扭。但刘青海知道，此刻，李佳雨需要这么一个正确的身份来袒护她。他望着眼前精疲力竭的李佳雨，心里很不是滋味。

李佳雨仰面躺在病床上，时不时地躲避着刘青海投来的目光。

　　这张脸真是有些陌生了。他和李佳雨有多久没有联系了？还是大半年前李佳雨发过一条消息：我离婚了。刘青海连回了五六条消息，都像扔出去的石子，没有回应。

　　以至于昨天接到李佳雨的电话时，他仍有些不舒服。

　　"青海，是我。"但这个声音立即把她带到了他的面前。

　　"谁？"其实，他听出了她的声音。

　　"我，李佳雨。"对方沉默了一会儿，回答说。

　　"哦，你好，李佳雨同学。"他的音调里夹杂了几分嘲弄。

　　"既然，你还认我这个同学，那我想请你帮个忙。"她说得倒很平静，"我有点儿事情想请你帮忙，我临产了，并且，好像要提前了。如果你可以的话，能不能照顾我两天。"

　　她的声音像是挤出来的，挤得七弯八翘了。她又解释说，"我爸妈恰好回老家参加一场重要的婚礼。本以为当天就可以返回的，可老家那边遭遇了大暴雨，公路被泥石流堵塞了。"

　　话说到这的时候，刘青海已经知道李佳雨想要他干什么了。

　　想想吧，一个挺着大肚子的人，拾掇了一大包东西，试着自己拎着去医院，可肚子里小家伙总不那么老实安分，她只好垂头丧气地坐在床边拿起电话，然后在电话本里翻找，在这个城市里翻找一个可以帮助她的人。

"好，什么时候去医院？"他倒希望自己不是被她翻找出来的，或许她第一时间就想到要找他的。

"最好，能够早点儿去医院，我估计……"李佳雨打电话的时候，肚子又疼了一下。

刘青海皱着眉头，给自己想了一大堆理由之后，就答应了。

当刘青海像保护神一样出现在李佳雨面前时，她一眼就看到了他眼里布满的血丝。刘青海前天是值了通宵班的。见瞒不住她，就说了实情。帮忙办完住院手续，安顿下来后，李佳雨就劝他回去先休息一下，有事情了再打电话他。刘青海也就没在勉强。他下了楼，但又怕李佳雨有个什么事儿，就在车里待命，顺便打个盹儿。

窗外一道闪电划过，又把他从回忆中拉了回来。李佳雨已经睡熟了。雨还在嗖嗖地下着。病房里倒显得安静了许多。

早上刘青海是被查房的护士叫醒的。

刘青海胡乱洗了一把脸，然后打来温水，把病床摇起来，让李佳雨斜靠住，细心地给她擦脸、脖子。他自己都感觉到奇怪，原来自己也会这么细心照顾人。

他手上的毛巾就像有种磁力，李佳雨怎么也绕不开。她索性偷偷打量着眼前这个为她洗脸的男人起来。

"71床，量一下体温。"杨护士进来了。

量完体温，杨护士又叮嘱刘青海说，"这段时间，家属一定要多些细心。"

刘青海只能回答说"好"。谁叫他是"火线爸爸"呢。

暴雨终于停歇了，时不时飘来点儿凉爽的风，讨好地吹拂着。路面上只有少数位置还有些渍水，环卫工人正拿着扫把一点点清扫。

李佳雨的爸妈也赶到了医院。有李佳雨的爸妈照顾，刘青海也放心了。再说，她爸妈在这儿的话，他自己也觉得别扭。

刘青海走了，产房里又像缺了点儿什么。

二

象牙塔里的浪漫早已随风而去。陪产的事，刘青海自然也没告诉任何人，包括死党赵世军。赵世军和刘青海是同一年成为警察，又前后脚进的市局办公室。赵世军的爸爸是分局政治处主任。这赵世军平日里也从不回避这一点儿。他就是个心直口快的人，冲谁都是大嗓门说话。就为这，他没少挨科长的骂，但他每天依旧像带着个大喇叭。

要是让赵世军知道自己摊上了陪产这档事儿,那还不炸开了锅?

"发现你小子最近老大不对劲儿呢,被勾走了魂?"

赵世军冷不丁地从背后出现,把正在电脑前爬格子的刘青海吓了一跳。

"你能不能别那么一惊一乍的"

"给你这呆瓜透露点小道消息,机关要下派警力去压发案,你和我这种青壮年肯定是必选。"

话正说着,科长进来了。果然,选派他们两人参加福临街派出所压发案专项工作的正式通知下来了。

赵世军使了个眼色给刘青海。刘青海估计赵世军还有什么小道消息没说完。

"你小子得感谢我,本来你去江南片,我去江北片。我主动申请跟你一个派出所,看我够意思吧。"

刘青海有点哭笑不得。赵世军所说的"主动申请"多半是找了他爸爸。但这份兄弟情义,他还是很受用的。

收拾完办公室,也到下班的时间了。刘青海突然想起来李佳雨已经出院有些时间了。一忙乎,把这事儿给忘得一干二净了。

李佳雨的家里已经是孩子的一番天地了。小家伙的个头大了一圈,头发光亮了一些,脸蛋像剥壳的熟鸭蛋。外公外婆在

奔／逃／的／月／光

边上哄着，李佳雨摇着铃铛，可小家伙根本不领情，黑葡萄似的眼睛这儿瞅瞅那儿瞧瞧。

过了一会儿，外公把小雨抱进了里屋，外婆忙活着去厨房做饭。客厅里就只剩下李佳雨和刘青海两人闲聊。

"起名儿了吗？"刘青海问。

"先叫小雨吧！"李佳雨坐了下来，眼神里有几分阴郁。

"那，小雨的爸爸来过吗？"刘青海挑了一个李佳雨一直在回避的话题。

"不想让这个恶棍知道。"

刘青海吃惊地望了她一眼。她一脸的平静，像什么都没说过一样。

"但是，毕竟血肉……"

"我不想提他，你以后会明白的。说说你的情况吧，现在有女朋友了吗？"

"还没有。"

李佳雨的嘴角挤出一丝苦笑。

换成是在别人面前，刘青海的回答可能是幽默轻松的，可在这个女人面前他总有种莫名的拘束感。

吃饭的时候，李佳雨不时给刘青海夹菜，弄得他更加不自在。刘青海慢慢咀嚼着，品味着。看着更加成熟妩媚的李佳雨，刘青海心跳得扑通扑通直响。

吃完饭，外面的天色已经暗了下来，李佳雨让刘青海陪她出去走走。

两人漫步在昏黄的路灯下，似乎紧靠在一起，似乎又没有。若即若离，也许更温暖。

"其实，前些时，我前夫来找过我们母子，想要回孩子，后来，他动手……"

"他动手打你了？伤着了吗，我看看……"

"也没什么，他把我推倒在地上，胳膊碰了一下……"

"去医院看了吗，怎么样？"青海心疼地问。

"没什么大碍，现在好的差不多了。"

"他叫什么名字？"

"叫王光辉，听别人说他欠了好多赌债……"李佳雨回答说。

"你爸妈知道这件事吗？以后，一定多加小心，难保他不再来找麻烦，有什么事先给我打电话"

刘青海从未有过的关心，给了李佳雨一种厚实的安全感。这么多年，她根本没有忘记过这个男人。她多想拥抱下这个让她牵挂的男人，躺进他的怀里，说一辈子的情话，可她就是开不了口。

都是那该死的王光辉！想到这，李佳雨失声痛哭起来了。刘青海还以为李佳雨是因为害怕前夫找麻烦，赶紧安慰说，别怕，有我呢。

这个时候，这句话的作用远远超乎了他的想象，那是一种催化剂。李佳雨扑过来抱紧了他，伏在他宽廓的胸膛上，尽情地宣泄着。李佳雨带着清香的发梢，撩拨着他的脖子。

刘青海不知所措地伸着僵直的胳膊。好一会儿，他才慢慢放松了胳膊，轻轻地抱着李佳雨，重复说着些不着边际的话，尽力安慰着。

风里夹杂着渐浓的秋意，时有时无地吹着。

青海，我……！李佳雨忍不住低声喃语。但很快又被秋风淹没了。

三

福临街派出所是由原来的福兴所和临江所合并而来的。至于为什么合并？原因就多了。

有人最后把罪责推演到设计师身上去了。说得还头头是道呢。设计师心血来潮地把江城会展中心和百福乐商场连成了两扇巨翅。而横在中间的福临街就有些左右为难了。

一些治安问题在这条分界线上变得复杂起来了。比如说吧，小偷从东边溜到西边偷，反扒民警也一路从东边跟到西边，偏偏小偷最后在福临街落网。到这份上了，还能怎么办？合并呗。

所长张万廉是空降过来的，不到两年就要退休了。有人说他这是在给自己镀最后一层金，好解决个处级退休。

接待二人的正是张所长。简单介绍了辖区的基本情况，张所长就把二人交给了朱志军、张毅两位探长。

一楼最里间是一探办公室。往二楼第一间就是二探了。刚打个照面，朱探长就带刘青海、老许出去转了。

说来也是巧了，刘青海第一次出去巡逻就遇到了"情况"。三人刚转到路口，朱探长悄声说，看，拐角那家报停门口那儿，有"玩家"。老许"嗯"了一声，多半是玩猜单双的。见刘青海一时听得云里雾里，朱探长示意他去看看，叮嘱他用手机固定证据。

透过闲闲散散的人群缝隙，刘青海瞅见地上摊了一张布，上面扣着几只碗，两个男子正眉飞色舞地讲些什么。刘青海慢慢靠近人群，掏出手机连拍了好几张。其中一个"瘦子"抬眼一看，二话没说，抓起地上的钱就跑。

刘青海心想，完了，打草惊蛇了！便拔腿就追。

可"瘦子"没跑几步就停下了。朱探长已经截住了他们的去路。

"瘦子"应该是个老江湖,一眼就瞅见了朱探长手上的"辣椒水"。剩下两男一女也就束手就擒了。

朱探长见到"瘦子"的那一瞬,立马就想到了上月中旬发生在长途汽车站的一起诈骗案。

"瘦子"被朱探长盯得有些发慌。还没答两句就撂话了。

"那个真不是我做的,是胖子他们三个做的,他们还在十七中学门口做了一次。"

"谁叫胖子,哪几个人,几月几号做的什么?说清楚!"

"胖子是我堂弟,今年春节的时候才过来的。他不听我的劝又找了两个小弟……"

朱探长让老许接着问"瘦子",他叫上刘青海去了另外个审讯室。

"瘦子"说了一句实话,长途汽车站那起诈骗确实是"胖子"干的。"胖子"主动供出了一个叫黄天兵的男人,前几天帮人打架,把人打成了残废。他说这事儿是黄天兵主动炫耀给他听的。

朱探长见问得差不多了,故意留刘青海收尾,锻炼锻炼他。

朱探长一走,"胖子"的眼珠滑溜一下撇向了刘青海,向刘青海要烟抽。

刘青海递给他一支烟,接着问胖子没有说完的那半句话。

"黄天兵是谁?他干了什么事?"

"就是你们抓的那个高个儿。"

"胖子"享受完一根烟后,又说要喝水。刘青海又递过去一杯水。

"上周,具体周几我忘了,北湖路,艳阳副食店,那家老板……不老实,他就过去教训了别人。"

看样子,胖子铁了心要拉个垫背的。

当刘青海兴冲冲地把这个线索报告给朱探长,却见朱探长剑眉一蹙。

北湖所上周一共报警二十起,并没有打架、伤人的报警记录。

这就奇了怪了!刘青海扩大查询范围,查找了一个月内的所有110报警记录,还是没有。

朱探长给北湖所的战友老杨打了电话。奇怪的是老杨也没听说有这样的事发生。但老杨提醒说,要么胖子说了假话,要么真有此事,受害人没有报警。老杨答应帮忙看看。

大家的意见很统一,现在人在手上,再挖一点线索,扩大战果又何尝不可呢?但毕竟这是跨辖区调查,朱探长觉得先派个新面孔去摸一摸会比较稳妥。

没等大伙开口,刘青海就拍着胸脯说,让我去吧,没人认识我。

朱探长把他上下打量了一番，点了点头，又拿起电话向战友老杨问了些情况。

在老杨印象中，辖区北湖路翠柳小区附近确有这么一家副食店。但刘青海赶过去调查的时候，听左右街坊说副食店关了好几天了，老板也不知道去了哪里。

等刘青海汇报完情况，整个探组的人像吃了他喂的哑巴药，都不吱声。朱探长不时在纸上画着，在地图上查找着什么。烟雾笼罩着屋里的每一个人，仿佛那就是他们的思绪。

"老朱，依你看会不会还是那一伙人干的？"老许打破了沉默。

"你是说……孙自强？"朱探长抬头望向他。

"嗯，这可是他们的老本行！"老许说。

"刚才我也这样想过，如果此事是真的，我们确实要多几分注意。"朱探长心里隐隐觉得这事不会那么巧，但孙自强现在是通天物流公司老总，还干这种勾当吗？

"这些家伙也在升级，总不是想发设法给自己找张羊皮披着。"

"我找老杨帮忙去查一下那里的视频监控，私下给他通个气，有了视频监控，和胖子的口供，黄天兵是跑不脱的。"

刘青海听得有些犯晕，孙自强是谁？

他当然不知道。老许，叫许文飞，当过探长，是三年前分局打黑专班的小组长。当年有人向专班举报孙自强犯罪团伙强买强卖，开设赌场，打伤致残数人。但狡猾的孙自强从不到犯罪现场，也从不直接指挥手下，加上受害人不敢出庭作证，最终导致证据不足。孙自强故意挑衅激将老许，老许一时气不过，朝他打了一拳，结果被孙自强的手下录了视频，又利用他的一些社会关系发布到互联网上恶炒。最后，老许落得个行政降级处分。到现在，他的副科级还没解决呢。

第二天，朱探长带上刘青海直奔北湖所，他想请老杨帮忙调一下监控资料。

翠柳小区通往大马路的路口有个视频监控探头，不远处就是艳阳副食店。老杨找到物业监控室，调出了视频监控。但监控只拍下了黄天兵离开时经过路口的一个背影。

这个探头只能监控到艳阳副食店的左侧一部分，超市那里发生的情况根本看不到。老杨建议朱探长说，我看，一时半会儿不一定能核实清楚。如果是真，那下一步把他盯紧点儿，保准不会只做这一起就收手。我这边也留点儿意，有什么情况马上通报给你。

目送老杨走远，朱探长望着战友的背影，叹了一口气说，当初，要不是老许一个人担了责任，老杨一样也会受处分，你说，憋不憋气。

突然一下，刘青海像被重新激活了，重新掂量着这个城市赋予他的责任，不由得攥紧了拳头。

四

一个漂亮的跨栏动作落地之后，刘青海已经闪到了马路对面。然后，他又从大马路追进小巷子，追到"老油条"宋有才蜷伏在楼梯间，追到宋有才像只中枪的猎物在那里扑腾着，嘴里哆嗦地哀叫着喊救命。

刘青海压根就没想到抓个小偷能惹上这么一个大麻烦。

医生诊断宋有才急性胃出血，还从他体内取出了一枚铁钉。明理的人都知道，这家伙早先为了躲避处罚吞了铁钉自残。

朱探长像复读机那样忙着给所长做了汇报：人现在没事，在医院躺着呢。

待朱探长合上手上的那部老式三星翻盖手机，他脸上表情愈发复杂了起来。

在电话里张所长虽然对此事提出的是积极性的表扬，但也告诉他这件事最好不会捅什么篓子。他知道干警察这行，任何时候都可能捅出个篓子。比如，宋有才出现意外，或是他逃掉了。当然，不仅如此吧。

朱探长拍了拍刘青海的肩膀，权当是安慰之词了。

宋有才住在五楼左手边第三间病房。朱探长和刘青海进门的时候和护士打了招呼。可能她刚给宋有才做完检查，脸上还有一些不高兴。

"你们是？"护士停下步子问。

"我们是负责办案的警察。"朱探长回答说。

"天啦，原来他就是你们送来的小偷。"护士好像终于找到了什么根源，脸色更加不好看起来。

"看起来，这给你们添了麻烦。他好点儿了吗？"朱探长问。

"放心，就算你们现在把他弄走，他也死不了，最好现在就把他弄走。"护士说。

"放心，我们会保证安全的。"朱探长大概猜出了护士为什么会发这么一通牢骚了。

病房里一个女人正弯腰捡拾滚在墙角的药瓶。宋有才躺在床上，眼睛直楞楞地盯着天花板。

女人捡完药瓶一声不响地坐在床头。像跟谁叫着劲儿，把脸扭得快要撞上墙了。大概他们听见了刚才的对话。

朱探长问，宋有才，感觉怎么样？好些了吗？

宋有才没有回答。刘青海又问，身体还有哪里不舒服？

宋有才还是没有开口说话。女人问，你们是来抓他回去的吗？声音里夹着几分怨愤和胆怯。

朱探长问她，你是他老婆？

女人不回答。宋有才瞪着天花板。

朱探长只好把目光又投向那个低垂着头的女人，你是他什么人？

女人好像就等这么一问了，立刻嚎啕大哭起来，扑通一声跪在朱探长面前，哭着说，求求你们，放了他这一次吧，求求你们了。刘青海上前拉住她。这时，宋有才开口说话了。他一字一顿地像是咬着它们在说，老婆子，别哭了，明天早上，你就去办出院，我们付不起这医药费，我跟他们走就是了。听得出来，宋有才是故意说给朱探长和刘青海听的。不用问，地上的女人肯定是他老婆了。她赖在地上继续嚎啕大哭，好像只有哭才能解决问题。

刘青海拽着她的一只胳膊，试图拉她起来。

朱探长说，只要他认罪态度好，我们会从宽处理的。医药费我们会走相关程序，但要好好配合治疗。

女人稍微放缓了哭声，把手伸进头发里抓着，像忧愁全藏在那里。

朱探长干咳了一声，说，不配合医生，吃亏的还是自己。如果你指望不治病来抵抗处罚，那你不仅是想错了，而且打的是个很不划算的算盘。

女人身子动了动,好像这是她的回答。

朱探长见好就收,他打算再给他们一些思考的时间。出门时,他悄声叮嘱值班看守的同志,让他们务必小心,这要是在警察眼皮子底下,在病床上又来个自残,这可就说不清了。

隔天,刘青海和朱探长刚准备进病房,听见宋有才和他老婆正在争吵什么。

"反正,要不是他们追你,也不会成这样。你就得这么说。如果他们抓你进去,我怎么办,我容易吗?"说完,声音一下就变成了哭腔。

"唉,你老是哭什么,你要知道,我关进去,每个月你要是想见我,还能见上我一面。要不是那个警察救我,你可能一辈子再也见不到我了。"宋有才的声音有些哽咽。

"这进去了还不知道什么时候才能出来!你老娘的病一时半会儿又好不了,说不定她这一急,就……"

"我就这命了,算了,认了吧。"宋有才长叹了一口气。

这个世界每天都在不断地演绎诱惑,理想总是那么轻易地就被现实挤压成了欲望,在稍不留神之间,诱惑就会漫过欲望的沟壑。宋有才决定要和过去做一个了断了。

朱探长敲了敲虚掩着的房门,这才推门进去。宋有才的老婆脸上挂着泪珠,从耷拉着的头发缝里探出一束可怜巴巴的

奔 / 逃 / 的 / 月 / 光

目光。

朱探长在宋有才的脚头坐下，问，老宋，今天感觉好点儿没有？

这样的一句称呼，多少让宋有才有些吃惊。他眨巴了下眼睛，回答说，好些了。他可能看出朱探长是欠着身子，把身子往另一边挪了挪，说，您往里坐点，我还是想问，什么时候抓我走？

他这么一问，朱探长倒也放下心来了。这么说，宋有才已经放弃抵触了。他便挤出一丝笑容，说，我们都不着急，你急什么，先把病治好，至于程序，我们会按规定办理的。

宋有才用手抹了一把脸，感激地说，谢谢您们了。

朱探长从身上掏出一千块钱，递到宋有才老婆的手上，说，拿着，我个人的一点意思，拿去给家里老人看病吧。

宋有才的老婆艰难地把目光从那一千钱上挪开。她哭啼啼地说，您抓他，我一点也不怨，可我们也是没有办法。本来做点小生意，地痞流氓还三天两头地找茬，今天五十，明儿的一百的，我们敢怒不敢言，孩子要上学，老人要看病，我们也是……也是一时糊涂。

宋有才打断了他老婆的话说，还说这些干嘛。

刘青海问，老宋啊，你以前做什么生意？

宋有才说，我以前是烟厂的下岗工人，后来就做点烟酒副食之类的小买卖，日子还算过得去，勉强过个温饱吧。

刘青海忍不住问，那你后来怎么不继续做烟酒小买卖呢？

宋有才说，我何尝不想啊。你看我不吸毒不嫖娼，也想做个安分之人，我不是那种不要脸的人。

说完，他看了刘青海一眼，见刘青海并无鄙夷之色。他又接着说，几年前，我拿着东拼西凑的几万块钱去进货。为了省点路费我去坐公交车，上车没多久衣服就被划开了一个大口子，几万块钱一分不剩的被偷走了。我当时已经吓瘫在地，司机劝我去派出所报警。我没有了那笔货款，一年的生意就做不了了，我一大家子怎么生活。我不敢回家，恨不得去跳江。我沿着江边走啊走，累了饿了，看见江边那些高档酒店进进出出的都是出手阔绰的人。心想，为什么我这么幸苦，到头来还是落得个竹篮打水一场空。说出来也不怕你们笑话，我也饿极了，心一横，不管有没有钱，我也要去吃最好吃的菜，吃从来没有吃过的菜，然后打算去跳江。我点了从来没见过的好菜，有些菜还不知道怎么吃，也没吃出个什么味道。吃着也心虚，吃完饭我就往外走，可能我早被保安盯上了。保安拉住我问怎么不买单，我哪有钱，我就拼命地挣开他。没跑两步又被另一个保安给抓住了。他们知道我是吃白食的，就狠揍了我一顿。还说要把我交到派出所。这时有个人过来，长得瘦黑瘦黑的，穿得到还阔绰，他眉头都没皱一下，为我付了钱。他救了我。

奔 / 逃 / 的 / 月 / 光

我给他磕头感谢，你知道那个时候我只剩下磕头谢恩这个份了。他也不拦我，我就梆梆地磕了几个响头。磕完了，我告诉他，我因为钱被偷了，所以没钱吃饭。他看也懒得看我一眼，在旁边哈哈大笑。羞得我要钻裤裆。他笑完了说，你跟我走，保证你吃香的喝辣的。我也是想哪有那好的事。但我也没别的办法，他是我唯一的出路。后来我才知道，他是干什么的。我当时不知道是该感激他还是该恨他，后来他问我跟不跟他干，我一咬牙就跟他干了，这一干就再也出不来了。

刘青海的心在打颤，问，那个人现在在哪里？

宋有才说，他死了。是他教我怎么吞钉子的，他用胶布把钉子包得紧实，沾黄油吞下去，可能时间久了没出来，最后长在肠子里，肠子腐烂了他也没在意，以为自己吃点消炎药就可以了，结果一个人在家里疼死了。

宋有才的眼角滚下一行浑浊的眼泪。不知他是在哀叹他"师傅"的命运，还是可怜现在的自己。

刘青海心里很不是滋味。如果宋有才不是小偷，还在经营着自己的烟酒店，一家人过着自己的小日子。或者自己当时没有追出去，宋有才就那样逃掉了，再或者自己当时没有追上去，他胃出血死在某个角落？

没多久，宋有才的取保候审办下来了。刘青海长舒一口气，也许宋有才会有个全新的开始吧？

五

太阳一头栽进了阴云里,一连几天都没露面,天变得阴沉沉的。似乎就要入冬了。福临街和北湖派出所的交界处又新开了一条商业街。显然,商业街是冲着年底的商机来的。开街没多久,两个所的警情就像烧沸的水,一个劲儿地咕嘟咕嘟冒着气泡。

然而,所长张万廉接到的一个电话,瞬间让这壶沸腾的水一下掀翻了盖儿。

商业街聚贤茶楼发现了一具男尸。

尸体?这可是天大的事,足以让全市提前进入治安防控的冬天。朱探长接到电话,来不及多问,立即往聚贤茶楼赶去。

茶楼的张老板已经吩咐保安把人全部挡在了门外。见朱探长他们来了,张老板这才擦了一把汗,赶紧把他们让了进去。刘青海和老王从车里拿出警戒带,在茶楼周围拉起了警戒线,苦口婆心地劝那些看热闹的人离开。这些人见警察拉起了警戒带更来劲儿了。吵吵嚷嚷地踮着脚伸着脖子非得看上那么几眼。

张老板梳着大背头,戴着一副黑框眼镜,一对小眼睛躲藏着内心的慌张。他给朱探长递上一支烟。

"从现在起,这里谁也不许抽烟。"朱探长推开了那只递烟的手,严肃地说。

"听见没,从现在起谁也不许抽烟,谁抽烟我开了谁。"张老板唯唯诺诺地点头称是,然后又冲店内的几名员工嚷嚷。

"你这儿都经营些什么?"朱探长没有理会张老板的这一套。

"我们主要经营早晚茶……茶友之间打打麻将。"张老板说完,偷偷瞟了朱探长一眼。

朱探长不动声色。

"我也没想到,出了这么大的事。昨天晚上,有个男的包了一间房,说是几个老板要打麻将,然后他吩咐说不要去打扰他们。直到换班的服务员准备打扫房间,敲门没人应,也没听见房间有什么动静,打开房门一看,一个中年男人倒在地上一动不动,吓得赶紧退了出来,在走廊大喊,死人了、死人了,我跑上楼一看,也吓个半死,哎哟,你看,我怎么这么倒霉,这年底了正是做生意的旺季,唉,真是倒霉透顶了……"张老板话音的重点是落在"倒霉"二字上,他只关心他的生意。

"说重点的吧。把所有的订包间的前台服务记录、所有员工资料拿来，另外这茶楼的每一个人没有我们的允许都不许随便出入，不准随意走动。"朱探长毫不客气地打断了张老板的话。

张老板嘴里念叨着什么，差员工找登记薄去了。

没过一会儿，分局刑侦大队的人马拎着勘验箱杀到了。大队长杜心民简短问询了现场的情况后，立即吩咐各组按照分工做事去了。

福临街派出所，除了窗口值班民警以外，其余全部赶到了现场。当然，赵世军也接到了通知。

分局冯局长，在政治处赵主任等人员的陪同下，也赶到了现场。他的眉头拧得要挤出水来了。

赵主任似乎看出所长张万廉的不安，悄声对他说，伙计，镇住了，什么场面没见识过，这么多小子们看着呢。张所长只是机械性的点了点头，脸颊上的肌肉抽扯了几下。只要他一紧张，就会这样。他能说什么好呢。

勘查工作紧张有序地忙活了一个多小时，杜队长终于从茶楼走出来了，手上拿着一份现场勘查报告，直接递到了冯局长的手上。

报告上写着：勘查开始于当日15：03分，16：15分结束，天气晴，温度12摄氏度。

现场位于新商业街聚贤茶楼三楼888号包间，该房间左边

奔/逃/的/月/光

是一个工作间，右边有9个包间，走道最里面是公共洗手间。房间地面宽420CM，长710CM，带一个卫生间。室内有一张自动麻将机，6把靠背椅子，一套茶具，其中8个小杯子，没有发现任何贵重物品。地面上有一具男尸，呈仰卧位，头朝东脚朝西，死者穿深色西服，打红色领带，体表未发现明显外伤。

杜队长又向冯局长作了简要汇报，补充说明经现场法医初步判断为心脏性猝死，其它勘验工作还在进行当中。

冯局长忍不住催问，就这么多？

杜队长说，勘验还在进一步进行，这种情况……具体，还得等全部勘验工作结束了才能向您汇报。

冯局长摆摆手说，去吧，必须尽快查找线索，查清死者身份。另外，这个茶楼所有工作人员、这几天进出人员，尽可能都要调查。

当晚六点整，召开了紧急分析会。杜队长介绍说：死者系突发性心脏病猝死。现已查明预订事发现场包间的男子叫黄天兵，无业，暂无详细住址。茶楼的视频监控显示，当日凌晨4点，一起出入这房间的几人，除了死者，其余全部匆忙离开了现场。从离开时间上推算，和死者死亡时间基本一致，由此推断，很可能死者当时心脏病发作，但这几人却没打120报警急救，也没告知茶楼工作人员，反而匆忙离去，这是最大的疑点。

视频里还出现了一个人,立马让老许脸色一沉。是雷大鹏!雷大鹏是孙自强的手下,他来这里干什么?

当年那起打黑案,就是因为雷大鹏这个关键人物最后翻供,导致头目孙自强洗脱了嫌疑。

老许不由得朝朱探长望去,两人一对视,老许就明白了,朱探长也认出了雷大鹏。

六

12.6号专案组成立了。组长由刑侦大队大队长杜队长担任,负责全面侦破工作。张所长任专案组副组长。朱探长、刘青海、赵世军等几个也加入了专班。

一提黄天兵,朱探长立即想起了年初那起诈骗案,还有翠云小区的那段监控视频。这小子肯定干不出什么好事来。分析会上基本形成了两个思路,一路是通过查找尸源,从尸体身份查起,然后顺藤摸瓜。但朱探长认为第一件事就是要立即揪出黄天兵,找到了他就知道了死者的身份,自然就知道了事情的真相。

说来也怪,全局发动查找黄天兵时,他竟然像人间蒸发了

奔 / 逃 / 的 / 月 / 光

一样，连个影子也寻不着。北湖所的老杨私下向朱探长建议，如果这事与孙自强一伙人有关，只要盯住孙自强就不怕找不到黄天兵。朱探长也想到了这一点，但是他心里还是不太确定，这事儿到底能牵扯多远。

时间把人逼得慌慌张张的，外界的猜测也越来越多。有些专案组的同志分析认为这只是一起意外事件，也可能不是谋杀。

朱探长点燃一支烟，站在办公室的窗户前，注视着对面的烂尾楼。他想起战友老杨的那句提醒，其实，一接到报案，他反而自私地希望这是一起谋杀案，并且最好是孙自强一伙儿干的。如果是他干的，非得亲手抓住这个王八蛋不可。想到这，他把烟嘴都咬烂了。

话又说回来，自从前几年那次打黑，孙自强看上去反倒"老实"了许多。以前那个小物流公司，如今也开大了，还投资了几家厂房，摇身一变成了大企业家，俨然一副成功人士的样子。朱探长使劲碾了碾烟头，恨不得碾碎的就是孙自强。

十多个小时过去了，死者身份调查工作仍在紧锣密鼓地进行着。公交车站、社区、超市、工厂贴满了协查通报。专案组的电话被打爆了，有的说死者他认识，有得说在哪地方见过这人，专案组派出一队队人马去核实，但没有一条有价值的线索。

情急之下，张所长组织召开了一个小范围的分析会。

朱探长说，黄天兵越是躲藏，越说明有问题，朋友之间正常打牌，有人犯病了，怎么会见死不救？

老许说，急救中心电话记录，报警平台记录，凡在那个时段的记录均以排查了，这就是问题！说不定是有预谋的。要我说，雷大鹏的出现，说明这事儿与孙自强脱不了干系。这老狐狸从来不会直接参与。

刘青海并不知道往年打黑的具体情况，但觉得老许说的也是一个侦破思路。既然调查不到什么，能不能先从外围入手，查查孙自强有无经济问题，说不定能查到点什么。

他思考了一会儿说，假如这个孙自强生意做亏了，有没有可能重操旧业呢？

朱探长兴奋地拍着桌子说，小刘说的有道理，这是个切入点。

会上，做了分工，朱探长带着刘青海和市局派来的支援力量，负责调阅所有的监控视频。老许带着赵世军等几位同志秘密调查孙自强。

所有的人都绷紧了神经，生怕会漏掉什么线索，恨不得生出三头六臂来。

七

刘青海看了一晚上的监控视频。他站起身伸了个懒腰,打了个哈欠之后,肚子就开始咕咕地叫饿了。

先去买早点吧,不管怎么说,填饱肚子才能干活。

刚出派出所的大门,刘青海撞见两个中年男人扭扯在一起。再一细看,不是先前取保候审的宋有才嘛。

刘青海还以为宋有才老毛病又犯了,被别人抓个正着,赶紧问,老宋,这一大早的啥事儿啊。

宋有才像见着了亲人,呼天抢地一番,刘警官,我正要找您去。这巧了,我给您找到一个人,保准您感兴趣。

宋有才也学会了卖关子,这么说,他不是犯事。刘青海问,老宋,你别急,慢点儿说。

宋有才指着身边的中年男子说,就他,他认识你们协查通报上的那个人!

刘青海一阵暗喜,连忙问那男子,您认识通报上那个人吗?

中年男子支支吾吾地说，是认识，可我跟他不熟，这事儿，你们可别往我身上扯了。

宋有才又把那男子往前拽了一把，说，哎，刘警官是大好人，你放心，只要你说出真实情况，你买的那条烟算我送你的，我一分钱不收。

刘青海弄得有些糊涂了，说，你们别急，进来慢慢说。

他把宋有才两人让进了接待室。刘青海倒了茶水，安顿他们两人坐下。宋有才说，我现在开了一家副食店，这位大哥，早上在我店里买烟，看见贴在我店门口的通报，他说他认识这人，我知道你现在肯定在忙这个案子，我就连拉带扯地把他带到您这来了。怎么能知情不报呢，您说是不是？

那位中年男子面露难色说，这人我是认识，很早以前和他打过几次牌，我们那都是休闲而已，后来，他说我们玩的太小，瞧不起我们这些牌友，我们就没再来往了。

听这男子一说，刘青海按耐不住了，赶紧问，那您知道他叫什么名字，住哪里吗，能提供给我们一些详细资料吗？他恨不得一口气问完所有的问题。

中年男子满脸委屈地说，这个我不知道他的全名，在打牌时，倒是听见有人喊他王总，有时也有人喊他叫辉哥，至于其他的我们互相都不打听，牌局是别人拉我去的，我确实不知道。

奔/逃/的/月/光

他把一切推得一干二净，生怕和自己沾上半点儿关系。

刘青海连忙说，您提供的消息很重要。等我一下，我马上回来。他跑出几步又折返回来叮嘱宋有才说，宋大哥，一定帮我陪住这位大哥了，我立即就回来。

宋有才乐滋滋地挥着手说，快去忙吧，我陪这位大哥唠天。他又冲那位男子陪着笑脸说，哎呀，别愁眉苦脸的了，只要你说的有用，烟钱我保证一分不收。

刘青海急急忙忙地跑进专案组办公室，大声说，人，人找到了。

赵世军问，大清早，你慌慌张张地干什么，什么人找到了。

刘青海说，是宋有才的一个顾客在他店子里买烟，看到了我们贴的通报，买烟的那人认识死者。

几乎所有人都兴奋地站了起来，朱探长连忙问，那人在哪儿，快带他过来！刘青海稍微缓了一口气说，人在接待室呢。

张所长急了，手一挥，别再来来回回折腾了，快，我们过去不就行了。

一大帮子人涌进了接待室。这阵势弄得宋有才和那男子都紧张了起来。宋有才结结巴巴地嘀咕着，这是要干什么？

张所长开门见山地说，我叫张万廉，是这儿的所长，您刚提供的情况对我们非常重要，我们想请您详细地再叙述一遍。

中年男子端水杯的手有些微颤，目光滴溜了一圈之后，狠狠地瞪了宋有才一眼。弄得宋有才不好意思起来。宋有才悉悉索索地从兜里摸出烟，递给那男子一根。男子没接。

张所长意识到可能太心急了点儿，轻声示意其他人出去。只留了朱探长和刘青海。

他掏出烟，上前递给宋有才和那位男子，两人都不太情愿地接了烟。张所长要给他们点上。宋有才起身拦住了，说，哪能让您来呢，太客气了。他掏出火给那男子点了烟，借机悄声说，大哥，放心，我跟他们都熟，都是好人。

张所长回到自己的座位，声调也变得慢了些，说，您能先自我介绍一下吗？

男子稍微顿了顿，看样子不说还不行了。他连拔了几口烟，这才说，我叫郭文义，是棉纺厂的师傅，之前和那个人打过几次麻将，其他都是我的工友，我们打得小，纯粹好玩，打发时间，封顶不过十几块钱，后来这个人说要玩大一点的，我们做工人的，芝麻点儿的工资娱乐玩下可以，他可能是赌博……我们可不敢玩。后来，他就没和我们来往了。

他把整张脸罩在烟雾里，指望烟能给他壮胆呢。

郭文义忽然像想起了什么，哦，对了，我手机里有他手机号，不过不知道他换过号没有。换不换无所谓了，他已经死了，真够倒霉的。难怪我最近老倒霉呢。

奔/逃/的/月/光

郭文义摸出手机，翻着了号码递给张所长看。朱探长立即抄了下来，吩咐刘青海说，去营业厅查查这个号的机主。

张所长还巴望着郭师傅还能透露点什么消息，但他确实是空了的茶壶，没货可倒了。最后，只好留下郭师傅的联系方式，送他们走了。

此时，专案组的会议室又沸腾了。

赵世军和刘青海在一旁小声议论着。赵世军说，这么说，这个人姓王，名字里有一个辉字，难道叫王辉？不过要是三个字的名字，就说不定了。听他这么一说，刘青海脑海里灵光一闪，总觉得好像在哪儿听过这个名字，难道是王光辉？

这一查不要紧，大家伙儿只扫了一眼，就认出是同一人了。

有人问刘青海是怎么猜到的。这一问，刘青海的脸色就拉了下来。赵世军用胳膊捅了他一下，问，有事儿？

刘青海叹了一口气说，其实，我知道一点王光辉的事情。他是我大学同学李佳雨的前夫！就在几个月前，他还去找过我同学的麻烦，没想到最后发生这样的事情，我担心我同学出了什么事。

张所长安慰他说，如果最终确认是他，你也大可不必往心里去。赌徒的命运由不得自己。

王光辉是不是李佳雨的前夫并不重要。此刻，刘青海担心的是李佳雨母子。他也不知道如何对李佳雨开口讲这件事。

赵世军悄声对刘青海说，别往心里去，要不，那你先给李佳雨打个电话，这样，你也放心。

刘青海觉得这件事最好还是当面告诉李佳雨比较好。他总觉得哪里亏欠了她。李佳雨本应该过上一种平静、舒适的生活，闪婚、闪离、生子一连串发生的事，现在又碰上这种事，她能承受得住吗？

他把手机握在手上，思索着该如何开口告诉李佳雨。但是大家期盼的目光让他已经没了选择。

"佳雨，最近……"刘青海说到这的时候，他听到话筒里传来一阵咳嗽声。

"青海，我生病了。"那头的声音有点儿微弱。随后是断断续续的信号，连断线的盲音也毫无生气。

刘青海心里开始一阵慌乱。他放手机的时候，手有些发颤，神色也不自在起来。

"所长，我还是得去一趟李佳雨家里。事情总得弄清楚一些才放心。"他请示张所长说。

张所长和朱探长对视了一眼，他们大概是明白了刘青海的顾虑，便点了点头。

张所长当即对任务进行了重新分配。刘青海前往李佳雨家里，看家属能不能提供什么线索。其他人分头查找黄天兵的下落。

　　刘青海很快赶到了李佳雨家里。开门的是李佳雨。她披散着头发，凌乱得像一堆倒伏的枯草。她一句话也没说，默默地坐在沙发上。门是刘青海带上的。

　　"佳雨，哪里不舒服，小雨呢？"

　　"坐吧。"李佳雨撑着胳膊，身子像霜打的茄子呆在沙发里。

　　这是刘青海从没有见过的李佳雨。那双无神的眼睛让刘青海看着心疼。他走过去给李佳雨倒了一杯水，坐在她身边。

　　"佳雨，去医院看了吗？"

　　"看了，重感冒。"

　　"好些了吗，医生怎么说？"

　　刘青海还没想好如何切入正题，他小心翼翼地问着。

　　"其实我知道你为什么来。"李佳雨的声音低沉，平静。

　　刘青海心里一惊，惴惴不安起来，一时无言以对。

　　"你是不是觉得现在的我很可怜？"李佳雨语气出奇的冷，眼泪开始在眼眶里打转。

　　"佳雨，你这样，我很难过。"刘青海掏出了他的心里话。

　　"昨天，小雨的外公在小区门口看到了协查通报，老人家就撕了下来，让我看。他就是化成灰我也认识……我本想告诉你，我也知道警察早晚会来找我。我一开始希望来的人是你，后来又害怕是你来问我。现在，你来了，你有什么要问的就问吧。"李佳雨的声音变了调。

"这件事情也别想太多。"他恨自己竟然找不到安慰之词。

"我能想什么？他死了是罪有应得！对于他来说是命，对我来说是解脱。"

刘青海琢磨不出来李佳雨此刻的心情是悲痛还是愤怒，或是两者都有。

"单位派我来了解些情况，希望能了解一些有关他的情况。"刘青海思索良久，最后决定还是先把公事办了。

"如果不是有事，你肯定不会来我这里，你总有你要关心的人和事。"她挤出一声苦笑。

"你刚才不是问小雨去哪里了吗？几天前，王光辉带着几个人找上门来，恶狠狠地说要么把孩子给他，要么给他四十万，我爸爸妈妈好言相劝，结果两位老人都被打伤了，我担心小雨的安全，暂时送回亲戚家去了。"

"你怎么不早告诉我，我不是说有什么事第一时间给我打电话吗？你自己有没有受伤？"刘青海噌地站起来，埋怨李佳雨说。

"有意义吗，我需要的不是这种关心，受再多的苦，我也可以忍受，但不能忍受你对我的沉默，我打电话给你，有什么意义？我没有那个资格。"李佳雨无声地淌着眼泪。

"你真糊涂，什么事情都一个人扛，扛不住也扛。"

刘青海全然忘记了自己是一个前来调查办案的警察。

李佳雨终于忍不住嚎啕大哭起来，趴在刘青海的肩上毫无顾忌地哭了起来。还有什么需要再隐藏？一切的苦，就从来没有停止过。

她突然转向刘青海，使劲地摇晃着他，哭着说，"我恨你，全怪你，如果当初是你娶了我，什么都不会发生！"

"佳雨，别这样，别这样……"他抱住了失控的李佳雨。当年那个可爱的女孩躺进了自己的怀抱，他真想将一将那头令人爱怜的秀发。是啊，如果当年。

许久，李佳雨才慢慢地止了哭声。她仍伏在他的肩膀上，她用已经有些沙哑的声音，告诉了刘青海一切。

当年，李佳雨参加工作没多久。在单位组织的交流会上，遇见了时任某酒店老总的王光辉。王光辉一眼就看上了她，后来找种种借口请李佳雨吃饭，单纯的李佳雨哪知王光辉的邪念。哪知道饮料中被下了迷药，等她醒来，发现自己赤身裸体的躺在王光辉的身边，连死的心都有了。她想过报警，但是害怕事情曝光，更害怕刘青海知道了实情看不上自己。她选择了忍气吞声。却加剧了王光辉的频繁骚扰，她越觉得对不起刘青海，配不上他，所以选择了突然疏远刘青海。王光辉得手后，倒也真心对待过她一段时间，算是连哄带骗结了婚。善良的李佳雨以为这场婚姻能够改变王光辉。结果，王光辉变本加厉，吃喝嫖赌无所不做。李佳雨不得不选择离开这个恶魔，她无数次试着要告诉刘青海真相，但始终没有勇气开口。

李佳雨说完了一切。刘青海实在不能原谅自己当年轻易就相信了李佳雨的拒绝。生活这把剪刀，硬生生地剪断了这段恋情。

"我多少次渴望回到过去，希望什么都没有发生。我们还手牵着手，走过校园，走遍每一条林荫大道。每次翻起过去的照片，想着你的样子，我才会有一丝快乐。我实在太累了，再也不想被生活左右了。"李佳雨的泪水早已浸湿了刘青海的肩膀。

"佳雨，你要振作起来，只有好好地过下去，才对得起我们曾经的过去。"刘青海不知道说些什么，但这句也算是他的心里话吧。

"不，现在说什么都已经晚了。如果当初你告诉我，哪怕曾经喜欢我，我也会告诉你一切，让你做出选择，可是，你没有给我这个勇气！"李佳雨扑进了刘青海的怀里。李佳雨积压了这么多年的感情，就在这一刻爆发了。

她是真想得到一个肯定的回答呀。

奔/逃/的/月/光

八

　　去往通天物流公司的路上，赵世军忍不住问老许，孙自强不就一社会混混嘛，直接抓回来审审不就得了，还要费这么多周折？老许先是笑笑，然后很快就敛住了。出于他是"赵公子"，也出于他是新手，老许回他说，抓回来，你有证据吗？就算抓回来了，你能从他那里知道些什么？没找到有力证据，只能是抓了放，放了再抓，这样做只能助长他的气焰。

　　通天物流公司主楼是一栋很不起眼的建筑，灰白格调，悄无声息地淹没在周边建筑群里。楼栋后面是一大片停车场，停满大大小小的货车。赵世军正要下车，老许叫住了他。

　　他递给赵世军一件旧外套。赵世军接过衣服，好奇地问，从哪儿找来的破衣服，肩膀都磨成这样了。

　　老许说，我搭上几包烟，专门找搬运师傅借的，赶紧换上。

　　老许笑着说，你比较壮实，不乔装一下，很容易引起别人的警觉。

第一次化装侦查，赵世军显得兴奋不已。赵世军把头发弄乱了一些，问，现在比较像了吧？

老许说，你先去停车场，找司机聊聊，我们在车上等你，记住，我们的任务不是抓什么人，是打探情况。

赵世军按老许的叮嘱，从荷包里掏出一包五块钱的红河牌香烟。老许又喊住他说，小心你的手，搬运工的手可没你的白嫩。赵世军把手缩进衣袖，扮了个鬼脸说，这样总该可以了吧。他下车的时候随手点了一根烟叼在嘴上，朝停车场走去。他远远看见停车场入口花坛边上，围坐着一伙人，看样子应该是搬运师傅，算是同行了。

走进一瞧，几个师傅在斗地主，每人面前零零散散地丢着几支烟，输家就给赢家两根。赵世军一看，不是红河烟吗，老许还真是神了。他隔着衣服摸摸口袋里的那包红河，心里有了主意。

赵世军在一个穿棕色上衣的师傅身边坐了下来，问，老哥几个，今天有活吗？

几个师傅依然专注手中的牌，旁边的一个人回答说，没看见吗？有活干的话，谁还有闲功夫打牌。

赵世军说，那也是，我才从华南物流那边过来，怎么这边生意也这么差啊。

话是老许教他这么说的。华南物流是一家大物流公司。

奔/逃/的/月/光

　　穿棕色上衣的师傅转身问他，华南物流也没活干吗？怎么个情况。

　　赵世军说，没人装货啊，我干这行不久，混口饭吃真难啊。

　　那师傅斜瞟了他一眼，说，混饭吃，你还来通天物流干吗，打牌啊？

　　赵世军讨好地给几个师傅每人递上一支烟，问，我就一把力气，别的事我干不来。老哥，你说这通天物流怎么也没活干啊。

　　那师傅接了烟，说，这儿的老板在打官司，也该他倒霉的，我们在这装货卸货，每天还要交给他五十块劳务介绍费。

　　赵世军故意说，五十块钱可是一天的饭钱啊。这也太欺负人了嘛，最好让他吃个大官司。

　　另外一个师傅插话说，是个大官司，我听说公司给别人运输仪器，出了差错，那批仪器价值几千万呢，够他赔的，不过话又说回来，我们也没活干了。

　　赵世军心里暗自窃喜。他也无心恋战，急着要把这一消息告诉老许，他知道这个消息意味着什么。他得第一时间把消息带回专案组。

　　一上车，赵世军就说，好消息，这孙自强的公司果真出了事，听搬运师傅们说，最近通天物流公司运输一批仪器，结果造成了毁损，要赔偿一大笔。

老许有些喜出望外。

"这好办，走，我们去法院核实一下。"他发动车子，一脚油门开出好远。

老许迫不及待地把这一还未核实的情况通报给了朱探长，从他的表情上看得出来，电话那头的朱探长应该也是喜出望外的。

到了法院，几人匆忙说明了来意，很快找到了办案的李法官。李法官介绍了目前的这起经济纠纷案。

两个月前，通天物流公司接了一笔运输订单，这批仪器发货地是广州，市场价值大概一千两百万，通天物流公司运输车队发生了事故，其中两辆运输车上的仪器造成了严重损坏。原告要求通天物流公司赔偿仪器损失以及延误造成的经济损失，赔偿金额达一千四百万元。通天物流公司除去保险赔偿，自己还要赔偿近八百万元。应该对通天物流公司是个沉重的打击，所以双方就赔偿金产生了纠纷。

听完李法官的介绍，老许带上资料片刻也不敢耽搁。

有同志认为老许他们调查的情况非常能说明问题，起码现在孙自强出现经济困难，这也许就是他重操旧业的原因所在，有作案动机。

但也有同志说，虽然可以从这个方面入手继续调查，但是从目前的情况看,很难说这件案子与孙自强有关联。

沉默不语的老许看起来更严肃。他扬了扬手中资料说,请大家逆向思维一下。孙自强陷入经济赔偿官司,危及公司生存。12.6案恰好发生在此期间,雷大鹏也出现在现场,这一切都是巧合吗?

老许的一番话立即引起了大家的议论。正在这时,刘青海带着一名女子推门而入。大家的目光又唰地转向了他们。

刘青海说,这位是李佳雨女士。

他请李佳雨坐下。又补充说,她有新情况向我们反映。

李佳雨双手平搭在膝盖上,说,我前夫王光辉上次上门来索要四十万时,还带着一个人,听他们之间的对话,那个人姓黄。

刘青海拿出一张照片。他说,这是我通过城市视频监控截取到的照片。这就是当天李佳雨女士见到的那位,也就是预定事发包间的黄天兵。

然后,他示意李佳雨继续讲。

李佳雨继续说,王光辉有心脏病也不是一天两天了,所以他每天肯定会把救心丸带在身上。还听说,他欠了一大笔赌债。

说完,她看了刘青海一眼。刘青海朝她点点了头。

杜队长宣布散会,留下几位小组长,继续讨论。他又叮嘱刘青海给李佳雨做询问笔录。

刘青海领着李佳雨去了他的办公室。路上还解释给李佳雨说，你说的情况非常重要，给我们提供了新的侦查思路，但我们需要把对话固定成证据。

是做笔录吗？李佳雨表情木然。

恩，刘青海回答说，所以，还得麻烦你。他想多些解释，但实在不知道说什么好，更不知道接下来李佳雨是否会接受这种问询方式。

笔录倒也没花多少时间，李佳雨这种有问必答的态度，反而让刘青海有些难过。

朱探长第三次推开门时，说，等你忙完了过来一下。这句话多半是说给李佳雨听的。刘青海和李佳雨对视了一眼。李佳雨默默地起身就走。刘青海跟了上去，在她身后小声说，我送送你吧。李佳雨回望了一眼，没有说话，然后转身就走了。

李佳雨走后，朱探长递给刘青海一个黑色硬盘。不用多说，资料都在里面。

"现在从外勤人员调查的情况来看，黄天兵是有意避开了主要路口的一级监控探头。我们必须扩大范围，延伸到区分局、派出所、社区这一层的视频监控。"

刘青海"嗯"了一声，接过硬盘。朱探长拍拍他的肩膀走了。刘青海知道这是朱探长在暗示他要打起精神。他把椅子挪近了一些，把资料导入电脑，眼睛紧盯在黑白屏幕上。

九

　　夜晚像巨人的影子慢慢逼近，直到完全占领了整个城市。喧闹了一天的马路老老实实地横躺着。连路灯也快要打瞌睡了。一切被那昏黄的光亮笼罩着，陷入了一片沉寂。

　　斜对面是一排叶子已经泛黄的法国梧桐。小道的尽头就是孙自强家了。孙自强家里的灯亮着，正发出刺眼的光。

　　赵世军撑着下巴的手突然抽搐了一下。这一惊让他清醒了很多。他从裤兜里掏出准备好的风油精，摸在太阳穴和额头上。位置抹得偏了一点，刺得他想要流眼泪。

　　马路上连个人影都没有，时不时一阵疾风把树吹得摇头晃脑，证明夜里还有活物存在。赵世军他们的观察哨又换成了"移动厕所"，"办公环境"稍微有所改善。老许他们看上去睡得还挺踏实。

　　赵世军的目光也要昏沉下去了。他好想打个盹，哪怕五分钟也好。正在他快要收回目光的时候，看见马路上有个物体在移动。是辆的士，没有开汽车大灯。这真是个不要命的司机。

他在路口转角处停了下来。看起来，他是要在路边撒尿。又从车里钻出来个人。那人猫着腰闪进了路边的树影里。他像个鬼魂朝着孙自强家里靠近。

有情况！

那人要不真是鬼魂，要不身上带了什么遥控器，快到孙自强家时，孙自强家里那盏一直亮着的灯突然灭了。

赵世军眼睛一下没能适应过来。他激动地喊醒了老许。老许又晃醒了其他人。那盏灯又亮了。

男子一个鹞子翻身跳进了孙自强家的院子。像幽灵一样闪进了屋。

老许说，这个人身手敏捷，练过几招几式，八成是孙自强的心腹。

赵世军按耐不住激动，那我们现在要不要冲进去。

老许说，绝对不行！我们冒然采取行动，不仅达不到预想效果，还会暴露我们。马上通知专案组，让他们查清那辆的士活动轨迹，一定要找到的士司机。

电话通了。接电话的是刘青海。刘青海放下电话，大声把这一情况告诉了正在熬夜调阅监控视频资料的同志。每次有新情况反馈回来，办公室总会沸腾一阵子。

"迅速跟进这条线索！"朱探长吩咐刘青海说，并给他配了三名同志。

奔/逃/的/月/光

刘青海没费多大功夫，就调出了那一带的监控视频。前天，区里在附近举行了一场群众文体活动。专案组借机请示在这里加装了探头，又向城管部门协调，增设了一个移动厕所和环卫工人休息间。没想到全部派上了用场。

"这辆的士是天鹤出租车公司的。"

"立即给天鹤公司打电话，找到那个司机。"

的士轨迹图很快传了过来。刘青海兴奋得额头都渗出了汗，七弯八绕地找到了司机王师傅。

王师傅打了一个哈欠，想了想说，对，是有这么一个乘客，他在同心广场上的车，然后上车也没说去哪里，说是要包我的车。

刘青海接着问，那您还记得他在哪些地方下过车吗？

王师傅说，在红星路下过一次车，让我在车里等他，他说找个地方小便。

刘青海问，去了多久？

王师傅说，看这个人蛮古怪，大半夜的我也不敢细问。大概去了一支烟的功夫吧，估计也没走多远吧。

能了解到的情况就是这些了。临走时，热心的王师傅凭印象标注了那个男子在红星路下车的大致方位。

刘青海带着这个草图沿路查看，希望能发现点儿什么。他正准备把了解到的情况向朱探长汇报一下，手机响了，是李佳雨打来的,他赶紧接了。

"青海,我想起一件事情,是关于王光辉的。"

"佳雨,你别急,慢慢说。"

"王光辉以前有个酒店,我听说也赌了进去。"

"酒店叫什么名字,在哪里?"

"叫结缘酒店,位置在红星路。"

"红星路?好,我知道了,你要保重好身体,有空再去看你。"刘青海一寻思,王师傅说的那个怪乘客下车的位置也是红星路。又是巧合吗?他挂了李佳雨的电话,急忙向朱探长报告。

朱探长说,这一带是老街,监控探头一直没有更新换代,一二级探头几乎没有。各社区、门店监控质量又太差,基本上是摆设。

张所长说,这么说,这一带是监控的盲点。如果有人专挑这地方,那就更说明有问题了。

经张所长这么一说,一条线索链迅速在朱探长脑海里形成了。他用红笔一条条圈了出来。

"王光辉赌博——结缘酒店——黑衣男子——红星路"

朱探长停了笔。张所长说,有那么一点儿意思了。但黑衣男子为什么选择在红星路下车?他下车后又做了什么?

那里肯定藏着他们的秘密。

张所长提笔在纸上写了一个人的名字——黄天兵。

"为什么找不到黄天兵？红星路这样的地方，很可能就是他的藏身之所。现在杜队长去局里开会去了，机不可失，我们边向局里请示汇报，边通知各组迅速赶往红星路，包括监控组，合围红星路，先行开展地毯式搜查。"

张所长在下达指令前，还是先给杜队长打了电话，进行了请示，在他看来这是老规矩。

张所长挂了电话，取下挂衣架上的衣服，戴上帽子，在走廊里大声喊着，除了值班人员，其他所有人员立即出发！他找到了当年的感觉，兴冲冲地往车上快步走去。

老许很快就接到了通知。他们组离红星路最近，便先行出发了。一张大网悄悄撒向红星路。

老许一行沿着红星路寻找结缘酒店，来回几趟，也没寻着。难道线索有假？碰巧有个停车收费员，赵世军便向他打听。原来结缘酒店已经改名海天酒楼。酒店外面装潢一新。老许刚想看个究竟，就被几个壮汉拦住了。

领头的说，老板交代了，酒店装修期间非请勿扰。

这还奇了怪了，不见装修工人却只见有人把门，莫不成里面有玄机？

正说着，老许远远看见有个人正要上楼，那人竟然是雷大鹏！老许心里一惊，但他不敢有丝毫声张。

等雷大鹏的身影消失，老许灵机一动，对那领头的说，孙哥派我们几个来办事，还不快让开。

领头的也不含糊，又问，孙哥派来的？怎么以前没见过？

赵世军心领神会。他一把揪住领头的领口举了起来，鼻子里哼了句：找死！

这两下子把领头的弄得一愣一愣的，支支吾吾地解释说，哦……黄……不是，老板这几天没到这边来。

虽然那领头的很快改了口，但还是说漏了嘴。黄？会不会就是黄天兵！

既然他们入了戏，愈发说明这里正是他们要找的窝点。老许决定继续诈唬他，便骂道，该死的，小看了孙哥的本事不成，那边已经摆平了，还装孙子躲什么。

这几句话明显对领头的起了作用。他说，大哥，怎么称呼，我好去报个信？

老许这一招可真是险。要么真的钓出了黄天兵，要么当场穿帮。

赵世军接话说，还报啥信？老子都到门口了，他小子在楼上还好吧？

领头的没作声，他的表情证明老许的判断十之八九是正确的，难怪到处找不到黄天兵的人呢，原来躲在这还没装修完的酒楼里！踏破铁鞋无觅处，得来全不费工夫。

老许向赵世军使了个眼色，赵世军几人心领神会。

短兵相接，已无退路。赵世军趁保安领头发愣的时间，偷偷给刘青海发了条短信：红星路，海天酒楼！

老许心里只打鼓，如果撤退，肯定会引起怀疑，说不定导致全盘行动失败。怎么办？

正思索着，谁料，那领头的做了让步，说，既然这样，那就跟我上楼吧。他又叮嘱手下的人说，你们几个，把门口盯住了，任何人都不能进来。

几人刚出四楼电梯，又有一个壮汉，问领头的，什么人？

领头的那人回答说，是孙哥派来的人。

那人一脸的疑惑，问，孙哥派来的？我怎么没见过？

赵世军一下认出了这个人，就是那晚溜进孙自强家的那个黑影。他一看，好家伙，走廊的中间还有一位壮汉。说不准黄天兵就在这层楼的某间房。

赵世军大声呵斥道，怎么，非要你认识？

那人也不示弱，直接从腰间掏出一把跳刀，冷笑道，孙哥很早就告诉我们，混饭吃得有真本事，有种就过我这一关！

此人个头足有一米八几，看架势练过几招几式。黄天兵就在眼前，继续诈下去肯定穿帮，这时老许也递过来一个眼色，现在动手毕竟人数上还占优势。

老许偷偷从腰间掏出催泪瓦斯，其他几个同志也心领神会的做好了准备。

领头那人察觉气氛不对,两头都不敢得罪,上前劝解道,各位大哥,不要伤了和气啊。

他话还没说完,老许一扬手,催泪瓦斯直喷他们二人,领头那人当场捂着脸乱叫。拿匕首那人似乎早有防备,侧身闪过。趁他躲闪之际,赵世军上前一个弹踢腿,将他手中的匕首踢落在地。那人吃了闷亏,立即猛扑了上来和赵世军扭打在一起。

这边的打斗,引起了走廊中间那人的注意。他拿起手中的电台呼叫一楼的打手。

这时从走廊中间的房间跑出来三个男子。老许一眼就认出了其中一人就是黄天兵。

来不及了!老许大声喊道,警察,都不许动,你们已经被包围了!

他这一喊,把刚刚从一楼上来的几个打手震住了。其他几人合力帮赵世军铐住一人。其他几个打手见事不妙,护着黄天兵往那头的消防通道跑去。

赵世军率先追了上去,追到一楼电梯口时,几个打手见只有赵世军一人跟了上来,转头围住了他。赵世军顾不上那么多了,只要铐住黄天兵,就是胜利!拳头雨点般地打在他的身上。他只觉腹部一阵刀割般刺痛,浑身一下失去了力气。他咬紧了牙，把自己和黄天兵铐在一起，死死抱住了黄天兵。

老许几个毕竟上了年纪，气喘吁吁地从四楼追赶下来。几个打手见后面的人追了上来，黄天兵又被铐住了，立即夺路而逃。

老许顾不上喘口气。他很快就发现了地上的一滩血迹。赵世军脸色苍白。他赶紧上前抱住赵世军。只见赵世军腹部一片殷红，鲜血正一股股的向外涌出。

老许慌了神，扯着嗓子大喊，快，快，快叫救护车！几个人手忙脚乱的用衬衣捂住赵世军的伤口。赵世军痛苦地望着老许，眼睛慢慢失去了最后的亮光。任凭老许喊破喉咙，赵世军也无没半点儿回应。

正在这时，张所长、刘青海他们也赶到了现场。

"还等什么救护车，快，快上车！"张所长大声喊道。

刘青海不敢相信眼前的一切。他冲上去抱起赵世军就向车上跑去。鲜血浸透了包扎的衣服，顺着刘青海的指缝流出，一滴一滴坠落在地上，溅成了一朵朵红花。

朱探长吩咐其他人，把黄天兵几个全部带走，立即封锁这里。他冲上车，拉响警报，加足油门直奔最近的市第二医院。

那辆老富康警车的速度已经达到一百码了，档位手柄已经开始发抖。刘青海抱着赵世军，用衣服捂着他的伤口，一遍一遍喊着赵世军。

赵世军的身体抽动了几下，嘴角微微动了动。刘青海忙喊道，兄弟，你是不是要说什么话，给我挺住了，医院马上就到了。

赵世军喉咙咕隆了几下，他能听见刘青海的呼喊，他甚至想习惯性地笑他不要慌张，可自己却没有力气张嘴……

十

黄天兵耷拉着脑袋，像具丧尸窝在审讯椅里。他在心里盘算着，一口咬定什么都没做过才是上计。

审讯室的门"砰"得一声被推开了。刘青海红着眼睛，冲到黄天兵面前。正在审讯的朱探长赶紧上前拉住了刘青海。

刘青海又"砰"地关上门，在走廊外深吸了几口气，丝丝凉意让他稳稳了神，这才又进去。

朱探长挪来椅子请他坐下。

"黄天兵，实话告诉你，你那些所谓的大哥小弟，有什么事只会自顾跑路。想想你老家六十多岁的父母，而跟你称兄道弟的那些人巴不得你早点死，你死了他们也好逍遥快活！"朱探长点住了黄天兵的死穴。

黄天兵的头刚抬了一下，即刻又被朱探长利剑般的目光逼了回去。他心里发着慌，盘算着如何回答是好。

审讯室突然安静了下来。黄天兵抖腿的声音都听得见。

"人不是我杀的。"他压低了声音。说完，他抬头瞟了一眼朱探长。

朱探长故意不搭话，不慌不忙地掏出打火机点燃了烟。

"人真不是我杀的。"他连说了几遍。

"继续说！"朱探长扬了扬手里的烟。

"如果我举报，你们能放了我吗？"黄天兵想拿救命稻草做交换。

"你敢出去吗？现在外面多少人在找你，你出去还有活路吗？你老老实实地交待清楚，这是没有任何条件可讲的。"朱探长的话一点儿也不假。根据反馈回来的情况，孙自强已经放话，一定要让黄天兵开不了口。

朱探长点燃一支烟，递给黄天兵。黄天兵猛吸了几口，很快，他又在闪烁的火光里打着自己的如意算盘。

以骗抢为生的黄天兵怎么也没想到，真正能保他性命的是眼前的这些警察。思考再三的他又要了一支烟，一五一十地交待了12.6案件的前前后后，还有几起勒索商户交保护费的事实。

孙自强手下有两个关键人物，一个叫陈建生，一个叫雷大鹏。自从生意出现了资金困难，这两人就劝孙自强搞笔大的。设赌局，来钱快，几人一拍即合。雷大鹏找到黄天兵。黄天兵平时也好赌，要找几个"豪放"些的牌友一点儿也不难。没几天，他们就瞅上了王光辉。王光辉这人出手阔绰，每次打牌不管输赢都会请人吃夜宵，要是赢了一高兴还请人出去玩一玩。牌友们都叫他大哥。王光辉哪知黄天兵介绍的这帮子牌友是醉翁之意不在酒。几个人又是劝酒又是吹捧王光辉牌技高、人品好。被灌得差不多了的王光辉趁着高兴劲儿越赌越大，雷大鹏趁机起哄，说要一把定输赢。雷大鹏早在牌上做好了手脚。结果，王光辉输得结缘酒楼都做了抵押。等到酒醒，赌红了眼的他，还想着翻本。想翻本，那得有本钱啊。黄天兵一怂恿，王光辉就直奔前妻李佳雨那里要钱。钱没讹到手，眼看翻本无望，这才想起牌局有诈，回头找雷大鹏理论。雷大鹏三下五去二地把王光辉骂了一通。可王光辉偏偏每天都去找雷大鹏理论，但那抵押上白纸黑字写得清清楚楚，他抵押偿还的是欠款，不是赌债。雷大鹏也不知道从哪儿打听到的，王光辉还有心脏病。孙自强几人一合计，干脆一不做二不休，就要了王光辉的小命。

"你明知道这是孙自强设的赌局，明知道他心狠手辣，还把王光辉拉进来，把他往狮口上送！"朱探长怒不可遏。

"我真没想到会弄出人命来。王光辉三番五次地找雷大鹏，孙自强让我从中说好，我就又约了王光辉。我想事情总得有个解决吧。王光辉那天带了十来万，钱从哪儿来的我不知道。他一到茶楼就把密码箱打开亮给我们看。他平时就是一个好面子的人，喜欢显摆。一开始他嚷着打大一点儿，我们故意挫他的火气，都不愿意跟，他赢得牌局都不大，输赢最多万把块钱。打到后半夜的时候，他觉得小打小闹没啥意思，又喊着搞几把大的。我们几个心照不宣，觉得时机到了。王光辉哪知道我们使用暗语，反正他一点儿都没看出来。又打了两个小时，王光辉输得差不多了，他起了疑心。他骂雷大鹏出老千。雷大鹏让他拿证据。王光辉跟他理论，就这样吵起来了。王光辉抓起一把牌超雷大鹏脸上扔。雷大鹏随手就把他推到墙角，怼着脸骂他，王光辉气得喘不过气来。他摸索着翻口袋衣服找药。我一看吓坏了，赶紧帮他找。怎么也找不着。这不，早被雷大鹏给扔窗外去了。王光辉就这样倒地上去了。我一看事情闹大了，出了人命，我不是怕吗？雷大鹏还骂我胆子小。后来，我想赶紧走掉。结果，就被他们带到酒店来了。"黄天兵把自己说成了个局外人，想把事情推得一干二净。

　　已经黎明了。阴沉的老天终于憋不住地下起了小雨，温度几乎接近零度，毕竟是冬天了。专案组并没有因为黄天兵的交代而感到丝毫轻松。

虽然海天酒楼的几个保安都指认了杀害赵世军的是雷大鹏和陈建生。但已经捉拿归案的雷大鹏死活不开口，试图顽抗到底。

但好消息还是有的。根据黄天兵的口供，老杜带人在茶楼后面的垃圾堆里找到了那瓶急救药丸，并且从瓶子上提取到了雷大鹏的指纹。

有了这个证据，杜队长心里也就有了底儿。

"雷大鹏，你不要抵赖了，黄天兵已经交代了所有犯罪事实。"杜队长敲着桌子说。

"都是他干的，我只是打打牌……"雷大鹏依然狡辩着。

"一派胡言！看看这是什么？"杜队长指着物证袋说，"这是王光辉的救心丸，怎么会在楼下，并且恰巧上面有你的指纹？"

雷大鹏脸如死灰地盯着物证袋，他当然认得袋子里装的那瓶药。

"王光辉像条疯狗，一心想着回本……药是我扔的，谁让他先动的手，我还被他打了。我一生气就给他扔了。"他眼珠子一转，又有了说辞。

"你事先知道王光辉有心脏病，你的目的很清楚，扔了救心丸，王光辉就得死。"杜队长用手指着物证袋里的救心丸，"你的目的就是要让他死。"

雷大鹏又开始支吾起来。

但杜队长清醒地知道，要想揪出孙自强这个隐形人，除非有别的证据。他合上笔记本，出了审讯室。他在走廊里碰上了来找他的张所长。老杜谦让几步，去了张所长的办公室。

"快坐，我正要去找你商量事来着，看来，咱们想到一块儿去了。"张所长给杜队长倒了杯水，搁在沙发扶手上。

"我也不讲客气了，我先说说审讯雷大鹏的情况吧，现在雷大鹏承认设局害死了王光辉，我们有证据证明是雷大鹏扔掉了王光辉的救心丸，茶楼外墙的探头刚好拍到了雷大鹏身子探出窗外的一幕。这一点儿，我们是稳超胜券了。"杜队长端起水杯，呷了一口茶。

"老杜啊，刑侦这行，你是专家，一切都靠你了。我只是虚长了你几岁，案子又发在我们辖区……"张所长的话被杜队长打断了。

"唉哟，我说老张，你这样说，损死我不成。现在我琢磨，这雷大鹏想一人做事一人扛了，把别的事推得干干净净，这不是我们想要的结果。"杜队长掏出一支烟抛给张所长。

"是啊，既然陈建生是孙自强的手下，雷大鹏也交代了，这次我们得从孙自强的根挖起。唉，还有赵世军的牺牲，这一说，我都急得不知……"张所长只拔了一口烟，就把烟按灭在烟缸里了。

　　两人合计了一会儿之后，组织专班开了分析会。分析意见很快报给了领导。决定发布悬赏通缉陈建生的通告。

　　没有多少人在意江城的冬天具体是从哪一天开始的。反正是说到就到了。孙自强八成探到了什么风声，每天大门不出，二门不迈。他有时也会走到院子门口，伸伸懒腰打几个哈欠再折转回去。那个样子好像是说：逗你们玩儿呢。

十一

　　外面的风一阵紧似一阵，把刘青海吹得只哆嗦，偶尔有些细碎的小白点打在他的脸上，有些生疼。他伸手摸了一下，是小雪粒。

　　刘青海揉揉了太阳穴，感觉头不痛了，感冒应该好得差不多了。

　　但愿好利索了。他这样想的时候，手机响了。对方说有他的快递。刘青海哪有心思收快递，不等别人说完就直接挂了电话。

　　电话又打来了，听得出快递员有些恼怒，他扯着大嗓门强调说，发快递的那个女人专门让我转告你，这个快递对你很重要，你要是不收，我就做退件处理。

刘青海只好问，什么包裹？

快递员说，我哪知道什么包裹？反正我包裹送到了，话我也带到了，真是的，哪有你这样的人！

再问下去，怕是要吵架了。刘青海应付了两句，就去取回了快递。快递是个很轻很轻的纸袋子，他满是疑惑地拆开一看，里面有一个用白纸叠成的封信。他还以为是什么恶作剧。撕开信封，里面一张二指宽的纸条上面写着：

孙自强杀过人，我有视频录像。

纸条像蝴蝶悬停着的翅膀在刘青海手里轻轻颤动。他倒吸了一口凉气，额头一下冒出了一层细汗。

他赶紧把纸条递给朱探长看。朱探长反复念着纸条上的那两句话。他也拿不定主义，略有些激动地说，先收好，千万把纸条给收好了，整个邮件都要收好。刘青海被朱探长弄得一脸紧张，他赶紧猫着腰把刚才撕掉的封皮纸屑也一块一块捡了起来。

朱探长立即向张所长报告了这一线索。隔着话筒，刘青海都听见了张所长的指示：马上送到专案组来，还有，火速把那个快递员找到，对，不管他在哪儿都必须把他请过来。

快递员已经离开好几条街了，当然只能费了点儿神才把他给劝说回来。刘青海给他赔礼道歉，又答应给他误工费。他这才极不情愿地配合调查工作。

"说来怪得狠，我是在送快递的路上被一个女人拦住的。我不是在等红绿灯吗？我说了怕是你们也不相信，她让我送个快递，给了我一百块钱。"快递员是个四十来岁的男人，有点儿络腮胡子。

"你还记得发快递的是个什么样的女人吗？"张所长问。

"我也没大注意，我只问她发什么快递，她说是个文件资料。她都打好了胶带，连我们公司的快递单都贴好了。"快递员乐此不彼地描述着他捡来的这笔好生意。

"她是本地口音吗？"张所长继续问。

"普通话，很标准的普通话。她只是特别嘱咐我，送快递的时候一定要强调这个资料很重要……"快递员指着刘青海说。

这家伙尽往远处扯，问什么都不知道，他连那个女人的穿戴都毫无印象。只陆陆续续地描述出：是个三十岁上下的女人，身高1米65到1米7的样子，操标准的普通话，是在建设二路路口遇见的。

看样子，他能记住这么多已经让人谢天谢地了。快递地址栏上没写姓名，也没留电话。看来，发邮件的这个女人肯定是不愿意让别人知道这件事儿，或许她在担心着什么。

奔 / 逃 / 的 / 月 / 光

快递送到司法鉴定中心的文件检验室里里外外地检验了一遍,也没查出什么端倪。纸条是电脑打印上去的。快递单上"福临街派出所"和刘青海的电话号码都是用反手书写上去的,但从笔画上分析,可以大致判断是一名女性。

这个发快递的和写这封匿名信的,是不是同一人所为?如果是,又为什么选择邮寄给刘青海?她和刘青海又有什么关系?

大家的疑问越来越多,刘青海的脑子也越来越混乱。他起身把自己关进屋子,拿笔把所有认识的女人,包括女同事都一一写在纸上。然后拿笔又一条条划掉。他脑袋几乎快要爆裂了。他双手撑着脑袋,揉着太阳穴,眼睛在名单上扫来扫去。

难道是佳雨?

刘青海突然停止了动作。对,难道是她?她的前夫王光辉是案件受害人。可是如果是她,她为什么不直接告诉我呢?如果是她举报孙自强杀人,会不会指的就王光辉被害一案?

脑子里刚刚闪过的一丝光亮很快又暗了下去。刘青海用手锤着脑袋,嘴里骂着:该死的,疼死我算了。

他决定去当面问问李佳雨。但他的突然造访,并没有给李佳雨带来丝毫欣喜。刘青海很快从她的脸上扫见了几分埋怨甚至是失望。李佳雨也只是淡淡地说了一句"进来吧"。

刘青海有些拘谨地问，佳雨，你最近怎么样？

李佳雨给他倒了一杯水，放在茶几上。她在沙发的另一端落座，这才回答说，我能怎么样，一个人慢慢过日子。

刘青海真不知道如何接话，伸手去端起茶几上的水杯。李佳雨赶紧提醒他"烫"。其实不用提醒，刘青海也不会喝的，他只是想随便做一个动作来掩盖自己的尴尬与慌张。

他"哦"了一句，把水杯放下，问，小雨怎么样？

李佳雨从抽屉里拿出遥控器，打开电视，说，小雨还在老家亲戚家里，上次给你说过的。

刘青海又词穷了。今天他是带着任务来的，必须搞清楚匿名信的事情。他试探性地说，佳雨，那个匿名信，我收到了，谢谢你对我的信任，还有对公安工作的……

他的话还没说完，就被李佳雨打断了。她反问，什么匿名信？

"就是……举报信，举报孙自强团伙的信。"刘青海有些语无伦次地解释说。

"我什么时候写过举报信！孙自强是谁我都不知道！"除去莫名其妙外，李佳雨的语气里还有几分反感。

"佳雨，是这样的，你要继续相信我，我，我们绝对可以保护你的安全……"刘青海试图多列举几条理由出来。

"我说什么你才相信！什么乱七八糟的事！"李佳雨语气

变得生硬了些。

"佳雨，你听我说，你的举报对我们真的很重要，希望你能相信我，跟我们合作，直接举证孙自强……"刘青海的声音随之也提高了一分。

"在你眼中，除了我应该是个证人以外，我还能是什么？除了让我相信你以外，除了你每次问话以外，你什么时候关心过我？"李佳雨再也按捺不住了，冲着刘青海大喊了起来。

"你别生气……"刘青海显然被突如其来的"咆哮"吓了一跳。

在他眼中，李佳雨是温柔贤惠，从不会顶撞他的小女人。

"生气？我从此以后不会生任何人的气了，你走吧，我没什么好气的！"李佳雨态度非常强硬，直接下了逐客令，把头扭向一边。

刘青海只能走。他站起身，又想说句什么，停下了脚步。希望李佳雨叫住他？希望自己能重新坐回沙发好好和她谈一谈？今天也许从第一句问话就开始错了。他走了，轻轻地关上了门。

佳雨否认是匿名举报人，并且偏偏那个路口没有监控视频，难道真的另有其人？

十 二

正在刘青海还在冥思苦想谁是写匿名信的人时，包裹又出现了。

刘青海小心翼翼地拆着包裹。包裹卷了一层又一层，最后冒出来一个小盒子，里面装着一个蓝色的金士顿U盘。

难不成是视频资料，天上会掉下来这么好的事？大家迫不及待地打开。

看得出这是用手机录的一段视频，画质量不太好，声音杂乱。

一名中年男子被绑在椅子上，嘴巴里塞着一条毛巾。其中一个男的手里拿着一只注射器，朝中年男子走了过来。所有人都认出来了。是陈建生。陈建生向那名男子胳膊注射了一些东西，男子激烈地抽搐了几分钟，最后不动了。然后陈建生回头说了句话，声音听不清楚。这时，走上前一名男子，向椅子上的人踢了一脚，应该还骂上了一句。

老许第一个站起来，指着屏幕说，快暂停，是孙自强，是他！

但镜头晃动了一下，视频就到这里播放完了。

大家激动地看了一遍又一遍。边看边议论了起来。

刘青海也有自己的疑惑。这个视频是谁拍录的，是那个写匿名信的人吗？当时所处的情况一定很危险。真的不是李佳雨吗？

问题的关键很快凸显出来了。抓陈建生吧，却不见他的踪迹。孙自强虽近在咫尺，但问题是如果没有关键人证，形成不了证据链，又怕打草惊蛇。

讨论越来越激烈。事到如今，张所长觉得应该放手一搏了。

"我们提议直接抓捕孙自强，对他进行突审。"

"抓来之后怎么办？"有人问。

"匿名信提供的证据越来越重要，既然我们找不到陈建生，也找不到写匿名信的人，那么我们抓孙自强是最直击要害的一个办法，切断孙自强整个团伙的指挥，陈建生收不到下一步的指示，我们从黄天兵和雷大鹏，还有已经落网的其他人身上深挖，说不准可以问出陈建生的蛛丝马迹。同时，说不定能迫使匿名举报人主动现身。"

张所长的分析和这个提议最终得到了大家的认可。

对孙自强的批捕决定很快批准了。

执行逮捕任务一下达，很多同志争着要去。专班杜队长和张所长考虑再三，让朱探长带队，老许、刘青海几个打头阵，外围也做好了相应准备，以防万一。

根据前期对孙自强的暗中观察，孙自强一直待在家里，基本上没什么可疑的情况。张所长叮嘱一定要做好充分准备，外围人员随时做好策应，绝对不能掉以轻心。

出人意料的是几乎没遇到任何反抗，朱探长一行直接来到孙自强家中。孙自强把门打开后，没有看任何人，自己转身坐在沙发上，若无其事地看起来了电视。

这种挑衅的态度，让老许几乎忍无可忍，直接走到电视机前，拔掉了电源插头，冷冷地说，孙自强，演的节目是好看，但是早晚有剧终的一天，这是你的逮捕令！

孙自强简直不敢相信自己的耳朵，稍微楞了一下，笑道，好，走着瞧，看你们怎么收场！

朱探长什么也没说，示意刘青海给孙自强上铐。

这是刘青海第一次看到孙自强的真面貌，虽然不是凶神恶煞的狰狞面孔，但也露出几分老奸巨猾、心狠手辣的痞气。

刘青海不由得将手铐铐得紧了一些，孙自强疼得叫出了声。

朱探长走过来，在孙自强耳边说，你最好留着劲，我真想看看你到底有多大本事！

孙自强一脸的不屑。他仍然沉浸在他的江湖世界里。

虽然已经提前做了舆论控制工作，但逮捕孙自强的消息还是不胫而走。这给专班带来不少压力。

时间一分一秒的耗死在冬夜里，审讯工作也在紧锣密鼓地进行着。

孙自强在审讯室叫嚣了几个小时。

"你拿你的老本供小弟，但你做的可是赔本的买卖。"杜队长将计就计，激将孙自强。

"别以为我不知道你们的套路，我很清楚他们的为人，我既没杀人，又没放火，我是合法的创业者，成功的创业者。"

"啪"的一声，朱探长猛一拍桌子。

"告诉你，孙自强，逮捕你，不是让你在这胡编乱造，而是在给你机会，让你坦白你的罪证，黄天兵、雷大鹏都已经招认了你们设赌局谋杀王光辉的事实，你别敬酒不吃吃罚酒，要无赖是没有好结果的，只有白白丧失从宽的机会！"

"笑话，他们招认什么了，你们有证据么？"孙自强反问道。

杜队长递给朱探长一个眼色。

朱探长心领神会地点了点头，接着审讯："你想要证据是吧，看看他们的笔录，这白字黑字写的清清楚楚！"

"这肯定是你们刑讯逼供……"孙自强扫了一眼笔录，虽然是扫了一眼，但他大致猜到他们确实是招认了些什么。

"告诉你孙自强，你在我眼里顶多是个小混混，看看你那些勾当，欺行霸市、设局骗钱、给别人注射毒品，骂你我都怕脏了我的嘴！"朱探长敲着桌子说，预先设定的审讯词上并没有这几句带脏字的话，但他觉得只有这么骂上两嗓子，心里头才痛快。

孙自强听见"注射毒品"四个字，脸色大变。

"我们不仅掌握了你设赌局谋害王光辉的事实，还查到了你和陈建生给他人注射毒品的视频罪证！"

朱探长故意把语调拖得很长。

孙自强显然意识到了事情的严重性，这么多年来，他一直担心的事情还是发生了。他稍微镇定了一会儿之后，狡猾地选择了沉默。他需要时间来思考对策。

"孙自强，据我们了解，你只身来到这个大都市，终于拥有了你所羡慕的洋房、跑车，可是你想想你的家人，你年迈的父母，如果他们知道……"张所长的话被孙自强打断了。

"够了，够了！我是从农村出来的，怎么了？好，要我说，那我从来到这个城市的第一天开始说！"孙自强试图站起来，但他很快发现自己正被铐在审讯椅上，愤愤地捏了捏拳头。

张所长的一番话，说者无意，听者有心，深深地刺痛了孙自强。孙自强以前一直听信了父亲的话，好好读书，考上大学就会有出息。但随着他高考落榜，他的梦想也随之破灭了。他无法接受名落孙山的现实，就算是落榜，他也要去梦想中的大

奔 / 逃 / 的 / 月 / 光

都市去看看。哪怕睡马路也不想回去了，他已经迷上了城市强有力的节奏。

孙自强到建筑工地当过小工，到码头当过挑夫，对于他来说，城市就像童话里的城堡一样迷人。城里人每天都会站在自家的阳台上，而他每天拎着泥桶，一铲一铲的把水泥塞进砖墙。他最不能容忍的就是看起来很有钱的城里人，到了付钱的时候，却总是那么抠门。有一次，他帮人搬东西，向别人多要五元钱，对方不给不说，还骂了他，他忍不住还手打了别人，结果对方请人过来把他狠揍了一顿。从那以后，他开始恨这个城市，发誓一定要混出个摸样来。

孙自强一开始跟着包工头混吃混喝。他年轻力壮，又有几分蛮力，很快被一个大老板招到身边当了打手。这一混就是好几年，等他摸清了门道，越来越认清了他所面临的都市生活，他的欲望随着他的仇恨在心里开始膨胀。

他靠着老板的对手，赶走了自己的老板，当上了物流公司的实际负责人。但是欲望之门一旦打开，就难以自动关闭。

这是孙自强的根，时刻能扯着他痛的根。

见孙自强还不死心，朱探长说，我想提醒你一下，你应该很清楚，精品茶店的蔡老板是怎么死的。

孙自强心里一惊，但仍故作镇静地说，我不认识什么蔡老板。

朱探长鼻子里冷哼了一声。

原始视频已经做了备份。视频也做了技术处理，画面比原来更清晰。蔡老板被绑在椅子上，嘴巴里塞着毛巾。

视频刚一播放，朱探长假装不小心碰到了桌子，ipad"啪"地一声趴倒在桌面上。其实，这是一个险招。视频一共也就几十秒，万一被孙自强察觉，就坏事了。

但此时的孙自强脸色一下变得苍白，嘴角抽动了一下。

朱探长心里也有了底，你还以为做得神不知鬼不觉的吗？蔡老板的死足以定你的罪。

孙自强连忙说，我没杀他，是他自己毒瘾发作。

朱探长说，毒瘾？不是因为你，他能有毒瘾吗？雷大鹏可不这么认为。王光辉、蔡老板的死，都是你精心设计的局！

孙自强一下子瘫坐在了椅子上。他知道，这一回，他们都完了。

十 三

没多久，专案组顺藤摸瓜，很快抓住了陈建生。至此，孙自强团伙全部缉拿归案。然而让专案组没有想到的是雷大鹏却爆出了一条惊人的消息。向雷大鹏透露王光辉有心脏病的，正是王光辉的前妻李佳雨。

回想起那一幕，连雷大鹏都有些战栗。那件事情发生在王光辉抵押酒楼之后。王光辉无力偿还赌债，谎称自己还有处房产。雷大鹏干脆一不做二不休，"押着"王光辉去做抵押。岂料被李佳雨冷冷地挡在了门口。几人随后发生了激烈的争吵，李佳雨被王光辉推倒在地，家里的老人冲出来想帮忙，这王光辉不知轻重打了老人。这一下，逼急了的李佳雨从厨房拿着菜刀要跟王光辉拼命。见情况不妙，雷大鹏出手夺下了李佳雨的菜刀。

看雷大鹏也不是个善茬，李佳雨自然也猜出了事情的原委。也就是那一刻，李佳雨彻底死心了，知道王光辉这一辈子都不可能走上正路了。她忽然想到了一个念头，何不用恶人对付恶人呢？

临走时，李佳雨冷冷地对雷大鹏说，你们要想逼迫他，其实很简单。他有严重的心脏病，随身都会带着救心丸。至于你们怎么做，我也管不着，但你们不能打我这个房子的主意，这是我个人的财产。不然我就算拼了命，也不会让你们得逞的。

雷大鹏当时竟然被李佳雨眼中透过来的寒意震住了。他慢慢松开了李佳雨拿刀的手，转身走了。

在后来的笔录中，李佳雨也承认了这一点儿。但她没想到王光辉会因此丢了性命，更没想到重新走入她生活的刘青海会介入到这个案子。

刘青海看着朱探长递过来的笔录，怎么也不敢相信曾经温柔善良的李佳雨会做出这样的举动。他一时真不知该如何面对这个女人了。

至于那个神秘的匿名举报人，自始至终都没有露面，也无从查证。这个问题久久困扰着刘青海。

一朵雨做的云

一朵雨做的云

一

怎么说呢，我们小河镇的雨就是这个季节要来的。下起雨来，不紧不慢，不打雷也不扯闪，闷不做声的。晴上那么半日，顶多就是看见燕子在衔泥，鹅在踱着步子，守院的狼狗整天在睡觉，只有下了蛋的鸡在咯咯哒哒地叫。

倘若有外地人来探听什么，倒也有人会把撤镇设县的传闻拿出来唠叨唠叨，像抢晒自家的谷物、豆品，一筐一篓地倒在旁人面前，让人掂量掂量、咂摸咂摸。

那我就从这个传闻给您聊起吧。起初是昌县人说我们要撤镇。他们是市里直管的，鼻子生来就灵一些。这就好比家长要置办家业了，总会先跟家里的老大通个气，议一议"划不划算、应不应该"之类的问题。至于他们当时是怎么商议的，我们迄今为止也是一无所知的。

然后，昌县人就抿紧了嘴，来我们这里修路、盖房子。他们做房子就像我们这里种桃树、李子树，扔个核儿就能长成出一片林子来。没多久，悟县人也来了，那份热闹他们说什么也是要来凑一凑的。这样一来，撤镇的传言就复杂多了。您想想啊，总得给小河镇一个安身立命的去处吧。轮到我们欢腾的时候，传言竟然变成是设县了。

那些日子每个人脸上都像开着喇叭花呢，熟人见了面也不再问"吃了没有"，都学城里人那样开始"你好你好"了。聊到未来，他们总能把自己笑得前俯后仰，走起路来脚下都像生了弹簧，喜癫喜癫的。

相比昌县和悟县，我们只配做块巨型海绵。他们旱时我们就得挤一挤，涝时我们就要吸一吸。这多半就是我们的生存价值了。

现在摆在我们面前的有两条路。一条是昌县人修的柏油路。他们修路像摆弄他们的GDP那样玄乎。完全不知道他们要把路修到哪里去，这里挖个窟窿，让人、车都钻到地下去。那里把马路打个结，把人和车又一层一层往天上送。倒是修到我们这儿的时候，又随意了一些。像随手扔下把铁锹，斜插在我们这儿就算完工了。另一条是悟县人修的水泥路，早已破成了一副搓衣板。再后来，他们干脆就从别处绕了道，生怕挨上了我们这个倒霉鬼。我们就这样被修成了倒立的"人"字，进也不是出也不是。

按理，我们应该要有自知之明，撤镇设县的事想都不该想的。传闻没多久就像洪水那样退去了。哪里是他们盖的房子，哪是他们修的路，明明白白地就冒出来了，像一件件商品和我们的禾苗、果林摆在了一起。到头来，昌县人开着他们浓浓的儿话音腔调说我们没良心，骂我们欠曰（入）。悟县人说我们像个叉着腿的女人，只管进不管出，活该！

这大致就是我们小河镇的一些境况了。您要是再来小河镇的话，从柏油路转进水泥路，再顺着一个大斜坡把水泥路走完就到我们这里了。我们现在多半就是这样向外地人指路的。

当然了，您可能已经想不起来我是谁了，也不知道我究竟要干什么。如果是这样的话，我真的很抱歉，我自己也不知道我要干什么。某种程度上，我更像是一个吃了黄莲的哑巴。但我恳请您耐着性子听我讲下去。也请放心，我和您是见过一面的。让我想想，那是五年前？哦，不，已经过去七年多啦。我拿不准您会对哪些事情感兴趣，索性都讲给您听吧？

就在他们刚刚没收我的手机之前，我给我的前妻叶丽莎还发了短信。我说我想她。我保证此时此刻我所说的每一句话都是真的。但她的回答只有两个字：收到。这该是一个多么有趣的回答啊。让我无言以对。干脆让他们收走我的手机吧。他们像是充分考虑到了我的这个感受。所以，他们拿走手机的时候，我一点儿也没有反抗。他们给了我笔和纸，然后就把我扔在这间屋子里了。应该是进大门后左手边的第三间屋子。他们让我交待我的违法经过，包括我的个人以及车辆信息，我开黑车的时间、涉案交易金额等等。我面对着一张张洁白的纸，无从下手，生怕每一笔墨迹都会玷污了它们的圣洁。他们在门外吐着蛇信，冲我嚷道：就从2015年6月28日21时许写起吧。

那通常是我让犯罪嫌疑人交待作案经过时的一个开头。那是一个人一生中重要的一个时间节点。在我做警察的这一生里，我都是极其小心的。我会花去大把大把的精力去考证别人写下的每一个字句。判定一个人的善与恶、罪与非罪，那该需要多少证据才能说出口啊。

可他们就把我按在一把木条椅上，直接宣判我是个违法的人。这是一句多么恶毒的诅咒啊，让我战栗，让我不由自主地就忆起了那个雨中的我，那个手忙脚乱的转业军人。如果时间能停止在那个遥远的时刻该是多么美好啊。想到这儿，我很想哭一场，像窗外的雨，不紧不慢，闷不做声地哭上一场。

　　这又有什么用呢。我想找个人说说话，哪怕只是说说话。可我发现这也是一件及其困难的事，我该向谁述说这一切呢，谁又会愿意听我说下去呢。我想来想去，觉得是不是可以向您说说，而且我周边的所有人都已经知道了，我为什么还不告诉您呢？

　　对不起，我的情绪有些失控。我的眼泪正一滴一滴地落在这张掉了些漆面的桌子上，饱满、晶莹剔透，即将汇聚成河。

二

　　唉。在小河镇生活久了，说话也变得罗里吧嗦了。要不，我还是从我遇见您的那天讲起吧。兴许这有助于您回忆起我曾经是个什么样的人。

　　说来也是巧的，那天是我军转培训结业的日子。我在部队是个教官，主要工作是让那群头脑简单的毛头小伙子们四肢发达起来，教他们擒拿格斗，什么直拳、摆拳、勾拳，再有鞭腿、侧踹、正蹬，再到拳腿上的各路组合，等他们个个练得见到树桩都想发挥几招的时候,差不多就要走一茬兵了。我也决定要走了。我身上的骨头不再像从前那么配合我的动作了。它们变得迟钝、懒惰,像一群不再听我指令的老兵油子,让人看见了就想踹上一脚。可能是念在我曾是散打冠军的份上,他们安置我回原籍小河镇当一名派出所民警。

我好久没有回家了。对我来说,回家俨然是一种仪式。打电话预告消息时,父亲告诉我,他一时半会儿回不来,大姐家的孩子上学没人接送;母亲正在哄她刚满月的小外孙,让我直接把门锁撬了再换一把。他们的音调都很平淡,像早就知道这个结果。我给自己打了一个赌,如果中巴车到站时雨停了,那就是说他们还满意我的这个选择。

那是个中小档来回切换的雨天。中巴司机按了两声喇叭,就算告诉我到站了。我们这儿的站不像城里规划得那么精细。可能十里八里才有一个站。哪里停车都是握方向盘的人说了算。站名也起得五花八门。但也不是毫无根据的。像车家湾、赵家条,说明那一带多是车姓、赵姓人家。柳林沟、松柏坡、榆树岭,那又是结合植被和地貌命名的。还有一类,比如我下车的地方叫垭子口,一处豁了牙的小山包。类似的还有东山头、沙湖咀,这又是按地理位置来叫的。

雨没有停歇的意思。我闪进路边的候车棚,把那个已经溅湿了一个角的黄挎包往上提了提。包里装着几件没有军衔的衣服，印有部队番号的学习笔记本、毛巾、搪瓷杯，两枚军功章，刘疯子送的拳击手套，李铁头送的自发热腰带。唯一重要一点儿的就是介绍信了，我的前生今世都在那张纸上写着。当兵八年啊，就剩这点儿东西了，连副好身子骨也没给自己留下。

我在候车棚要等的那个人叫王小军。一开始我很不喜欢这家伙。我和他刚加上微信，他就一口气在我朋友圈点了十几个赞。最远的一条微信还追溯到我初任教官的那个时候，差点儿没被他刨根见底。他只点赞，我也没办法对他的热情给予什么回复。我只好对频繁提示的"新消息"置之不理。

等我到了垭子口，翻出微信一看，我才发现他给我留言说来不了，还有一段气息很急语音：哥，所里有急事，对不住了。我没回他，一来我不是他哥，二来压根腾不出手来打字。我索性想着，就算淋成狗，我也走回去给他看看。

王小军！混蛋！每每雨水在鞋子里发出咯吱一响，我就这么狠狠地骂上一句。

我发现这么喊还来劲儿，这多少有些像部队行军的口号。您要知道，在那条像生满疥疮的破路上，不找点儿乐子是决然走不下去的。

我完全高估了我的意志力，深一脚浅一脚地走了好一段路，磕得人牙帮子都有些发麻。直到一辆车停在我面前。从车窗里飘出来一个男人的声音：喂，你到哪儿？我想都没想地告诉他，镇上，去镇上吗？我不能再傻傻地走到单位去，让王小军这个混蛋看笑话。

  他朝我勾了勾了手。我手忙脚乱地折起雨伞，钻进车。我的样子很狼狈，一定很好笑。您应该对此有些印象了吧？我的黄挎包还压着了您的脚，真抱歉，我那时忘记给您说对不起了。我还记得您穿得是双旅游鞋，那个牌子只可能在昌县或者市里才能买到。所以，我猜您应该是外地人。您一开始应该也把我猜成是个外地人了吧。

  司机问我去镇上哪里。我说到镇上派出所。他呜哝了句"去那鬼地方干嘛"。他给我开价三十五元。那可是我从市里到垭子口的票价。我忙着翻钱包。他又让我扫一下座椅背后的那个二维码。让我用支付宝转给他。我哪有什么支付宝。我在部队根本用不着这些玩意儿。吃饭、买日用品什么的，我只需拿卡往机器上一贴，滴一声就可以了。我试图向他解释。他说不能收现金，被抓住了要罚款。他也许以为我会赖账，又强调说是这位好心的乘客——当然是指您了，不忍心看见一个路人淋雨，要不然他才不会停车呢。但我真没有支付宝。最后还是您帮我转给了他。我手忙脚乱地从包里找到两张二十的。看我笨拙的样子，我活像是从雨里钻出来的怪物。您坚持要找我五元，还问我是不是军人。您大概是扫见了我黄挎包里的部队纪念品吧。我们聊了一路关于部队的生活。我还记得给您讲过我在连队开干部人事会时，涉及到提拔、奖励某个人时，我就在本上画只小猫或是小狗，省得那些家伙溜进办公室偷看会议纪要。我说有次我还画了一只王八。您笑得只拍座椅，问我那又代表什么。但您到站了。其实，我也有些意犹未尽。您犹豫了一下，递给我一张名片，让我保持联系。

抱歉，我直到现在，应该说直到此刻，我还没告诉您这个答案。

那天您下车后，我接身去了派出所。我老远就认出了王小军。他微信用的头像就是他本人。王小军先和司机打了招呼。等我下了车，他楞了一下，伸出手，哈哈一笑，说，刘大教官，对不？我意思性地握住了他的几个手指头，说，幸会。我又指着刚刚驶离的滴滴快车问他，你们认识？王小军又是哈哈一笑，说，他啊，李宝来。你们怎么碰上的？等到他脸上的笑意完全消失，我才应他说，很巧，在你打算接站的地方碰上的。他估计是误会了我那张严肃惯了的脸。我这个人不喜欢笑，也不知道怎么笑，久而久之这张脸也就忘记世间的这些表情了。他连忙问我，唉呀，你怎么不早说啊，报我的名儿，他敢收你的钱。我说，下次，下次一定报。

要说这个王小军吧，倒也没有本质上的坏。从某方面讲,他还是个好人。他有一副热心肠,只要被他听见看见的事儿,他都会说"我来想个法子"。可结果他多半会哭笑不得地告诉你他无能为力。要是熟一点儿人,他会先问别人要支烟,然后掏出火机非要给别人点上,拔上两口,他才面露难色地说,那个事怎么怎么着,找了谁谁谁,可他妈的都是些见钱眼开、忘恩负义的家伙。说到恨处,他会扔掉手上的烟,踩上几脚。反倒会弄得你楞楞地望着地上的半支烟,然后不好意思地连忙安慰他说"没事没事。"遇上不熟的,他会自打圆场,给别人递上一支烟,唉呀,抽我的抽我的,你看,事没办成,是不?都说有困难找警察,可我是一协警,对不?瞧我这身衣服了么,不是正规军啊,能力有限,多包涵包涵。

他也这样帮过我不少忙,也没少抽我的烟。我刚到派出所时,在窗口负责接待。我们这儿也没什么大案子,杂一些的事儿就是办个证,开个证明什么的。有一次,有个女的来办身份证,非说我把她照丑了。我说哪里丑了?她跺着脚,像只急了眼的兔子,嚷着要我给她重照。我又请她坐回去。她说好一点儿了。我压根看不出有半点儿变化,一样的机器一样的人,再说了,这又不是拍艺术照,是圆脸就得拍成圆脸。这样的人我也见得多了。老天爷多半是公平的,脸蛋好看的不给配好身材,身材好看的就不配好脸蛋,全搭配好的和全搭配差的那毕竟是少数。我也管不了老天爷究竟会给谁一张什么配置的脸。她又坐回镜头前。好吧,我想这应该是最后一次了,在对她指挥了一番之后,喊完一二三,结果快门按不动了。没电了。她收完脸上的笑意,还不信。我也懒得给她解释那么多,相机没电了,又不是我没电了。她鼻子里哼了句什么就走了。

我这才打量起这个女人来,幸亏老天爷只给她了一副中等配置。王小军虚眯着眼,像个半仙,神神秘秘地要给我打赌。他说我和她有一掐。我说,掐啥。王小军问我要烟,我递给他一支。他非要一包。我只剩半包了。他说,你看见了么,她瞧不起土生土长的。她老爹是镇上文化站的叶一彪。我问,还有呢。他哈哈一笑,半包烟就只能说一半。

说到这里,您大概已经猜到这个女人就是我后来的妻子叶丽莎了。可那个时候我压根就没想过会和这个女人结婚。除了那次办身份证,往后好长一段时间我都没见过叶丽莎。倒是先和她老爹熟悉起来了。我平时喜欢挂着相机四处转悠,得闲的时候我能一个人在河边坐上好一阵子。我们这个地方最好的时节就是秋天了。万物习惯了外地人总是随洪水而来随洪水而去的目光,也总能在这个时节憋足了劲儿地生长。

这个观点我和叶一彪在河边探讨过。我翻出拍的一些照片给他看。当时我还不知道他是谁。我说，您看，我们的秋天简直就是春天和夏天的结合体。他一笑，问我，我们有过春天和夏天吗？我又给他看小河镇的日出日落。他瞪大了眼，问，这是我们小河镇吗？他这才介绍他是文化站的叶一彪。谦虚一番之后，他把我请到了文化站。后来我把所有的照片都分享给了他。说到这儿，您差不多应该可以记起我来了吧？我给您投过一组蓝天白云的照片呢。对，叫《闲云野荷》，还是您给起的名儿呢。您说好多年没见过这么真的白云和蓝天了，夸我抓拍得好。您真是过奖啦。其实只消往河边上静静地坐上半会儿，那云啊就跟赶集似的，从某个方向飘过来，从河里升起来，从庄稼地里长出来咧。您还鼓励我多拍一些新农村新风貌方面的照片，写一些人文风情方面的文章呢。这一说，我好多年没写什么东西了。《闲云野荷》在贵报上刊登后，在我们这儿引起过不小反响呢。后来就成了我们这里的一张名片。文化站的叶一彪因此也受到了表扬，他非要请我吃饭。吃饭的时候，我就又见到了那个办身份证的女人。叶一彪隆重地向我介绍了他女儿，几岁开始学什么，几岁就拿了什么奖等等。叶丽莎一声不响地站着，脸上也没什么表情，像她老爹在介绍别人一样。我和叶丽莎心照不宣地假装不认识。后来趁叶一彪和别人碰杯时，我这才举杯向她示意。她也没有多说，嘴上还是"幸会"二字。快放下杯子时，我鬼使神差地问了一句：你什么时候有空，我再给你重拍一次。她倒也很爽快地答应了。

我们当时的谈话就这么多。说白了，第一眼我们谁都没看上谁。

在我与叶丽莎随后的几次交往中，王小军扮演了重要角色。先是叶丽莎来取身份证，王小军见我不在，就说钥匙在我身上保管着。等我回来了，王小军又对我说，叶丽莎见你不在身份证都没取。我说，柜子又没锁，这不是害别人白跑一趟么。他说，你啥时候顺道给别人带过去就得了，别人是专门来看你的。这些都是后来王小军向我邀功时告诉我的。我把身份证捎去给叶丽莎的时候，她正在台上排练节目。叶一彪也在。我想抽身走，却被叶一彪叫住了。我只好说，前些时，叶老师的身份证办好了，我顺道给她送过来。叶一彪指着台上的叶丽莎说，你看，她呀太专注事业，每天只琢磨舞蹈艺术，多亏你有心了。他指定是误会我了。叶丽莎被她老爹叫到跟前来了，脸上泛着红晕给我说了"谢谢"。这下倒好，台上的一帮女人就跟着起哄喊"刘警官，我们也要办身份证。"屋里的空气被她们喊得热烘烘的，叶丽莎的脸蛋红扑扑的，映得我脸上也发烫。后来叶丽莎还真带了两个人到所里来办身份证了。叶丽莎顺道传达了一个演出保卫的通知。上面的领导要来小河镇调研，她们演出，我们就得

奔 / 逃 / 的 / 月 / 光

保卫。

　　对了，我忘了告诉您，叶丽莎是我们镇文化站的领队。按她老爹的说法，这要是在市里起码是个中级职称。

　　送她的路上，叶丽莎问我下班后干什么。她这一问，我还真不知道下班后可以干点儿什么，除了派出所我还能去哪里。我们派出所一共七名正式民警，加上王小军几名协警，把厨房的师傅加上勉强才凑够两位数。她的安排就比我多多了，下班比上班还要忙。她罗列了一大堆安排。她每个月还要去昌县文化馆参加一些文体惠民活动。说到这的时候，她就问我能不能陪她去昌县一趟。这个提议肯定好过我一个人窝在寝室里发呆了。我就一口答应了。路上多半是她问我答。我在哪里上学，又是怎样参了军，在部队干什么，为什么又转业回了小河镇，我只花了不到十分钟就讲得清清楚楚。她又开始说她的情况，讲她们这碗饭如何难吃，还嘱咐我待会儿她一演完就去接她走。我说我去看她的表演。她说这种表演不值得看，纯粹是去闹个热闹。

　　我也不好坚持，就在昌县里面转悠。等到了约定地点，人家已经散场了。我赶紧给叶丽莎打电话，她没接。我就问附近卖烤饼的摊主，还买了他一个饼，希望那人能多提供一点儿关于活动的一些信息。可直到那人拾掇完他的摊子，他还是哪句话：鬼知道。

一朵雨做的云

我继续给叶丽莎打电话，还是没人接。我揣着烤饼坐在还没有拆完的戏台上。行人的目光把我逼向了夜空，四处投来的灯火都在打量着我此行的动机。我开始后悔、懊恼，脸上辣烘烘的。后来我想，要不要给叶一彪打个电话。叶丽莎或许给他老爹说了自己的去向。我转念一想，那也不行啊。如果叶一彪知道我陪叶丽莎一起来的昌县，又在深更半夜寻不见他女儿，我这不是自投罗网吗？我想了好多。我仿佛是个来在昌县摆摊的陌生人。而我的顾客只有一个。

我最终还是等到了我的那个顾客。她应该是上帝。

但这个上帝给我回电话的时候是哭着鼻子的。她说她喝醉了。我接到她，刚扶住，她的身子就软了过来。我们坐在路边的凳子上。我把怀里的烤饼拿出来，问她，要不要填补下肚子。叶丽莎一笑，问我为什么对她这么好。我支支吾吾地没回答。她就笑了，笑着笑着又哭了。她说活动提前散了场，领导又把她拖去应酬。然后，有个领导喝多了，拉着她不放。我说，我去找他算账。她说，傻瓜，算什么帐，怎么算？是啊，我只有一双拳头。即便要揍人一顿，那也得个理由和身份吧。我和叶丽莎算什么呢？叶丽莎靠在我的肩上。风把她的头发往我衣领里吹，痒痒的。等她不哭了，我说，我们回小河吧。叶丽莎在我耳边吹着热气，问我，你刚说什么？我说，我们，回小河去。我把"我们"说得格外小心，生怕一不小心就会漏下谁。叶丽莎就这样扑进了我的怀里。我把烤饼放在凳子上，自然不自然地抱住了这个滚烫的躯体。

我和叶丽莎的这一晚，很快就被编成段子传开了。实不相瞒，在我们小河镇是很难有件新鲜事儿的。既然被他们挖出了这么一件，他们就会像城市新闻快线那样不断地推送。这在某种程度上起到了催化我和叶丽莎的作用。先是所长找我谈了话，说个人问题也该考虑了。然后是我的父母。再然后，是叶一彪找到了我。那晚发生了什么，他应该早就问过叶丽莎了。而且，最初的版本也是叶丽莎亲自口述给她们文化站那帮姑娘们的。接下来是叶丽莎找到了我。我本来也是要去找她的。结果我们在半路上就遇上了。我给她说了我的打算，先买个房再买个车。她搂着我的脖子说，筑窝啊。我点了点头。

王小军也问过我。他总会弄些新鲜词。问我那天晚上"捡尸"没有。我弄了半天才明白"捡尸"是啥玩意儿。我骂了他一句，那叫什么"捡尸"，酒后乘人之危那是性犯罪。王小军"嘿嘿"一声：活该你犯罪。

就这样，我和叶丽莎结婚了。我想要特别说一说那个差点儿没把我害死的伴郎。这家伙不是旁人，也只有他王小军才干得出这种事儿。他的任务是跟着我去敬酒。这"酒"含水量至少在百分之九十以上。当然，这酒也并不是完全没有副作用，喝多了就会忍不住地打嗝。叶一彪，不，我那个时候已经改口叫"岳父"了。我岳父的朋友很多，光省里市里的朋友都好大几桌子。这些贵客自然是要先敬的。我岳父给我一一介绍了在座的各位领导。有的是他专科班、进修班的同学，有的是在什么研讨会、代表会上认识的。反正都是有些来头的。我不得不对我这个岳父刮目相看，他一个文化站的怎么会认识什么司法啊工商啊，连什么计委的都认识。王小军笑我说这是要对付一个镇政府。怕是不止呢。我岳父已经把酒杯当作话筒了，他反复强调说"各位都是他的贵人恩人，以后也就是我的贵人恩人了。"有人冲我岳父说那警察同志可不能用白开水敬我们呢。我岳父赶紧陪不是。我怕他老人家为难，就拿桌上的真酒自罚了三杯这才脱身。那王小军竟然把那瓶新郎专用"酒"落在包房里了。直到我问他这酒怎么比白开水还有劲时，他才猛一"哎呀"。叶丽莎他们把我送到了医院。我吊针的时候，我岳父也在一旁吊针，他对我在酒席上的表现还算满意。他比我清醒多了，说了很多话。我只能"嗯嗯"地应答他。我还记得他反复念叨着：这人的一生啊，结识的每一个人都不会白费的。

在他接下来的岳父任职期间里，我也见识到了这句话的很多无理和有理之处。怎么说呢，就像因果报应，就像世上没有无缘无故的爱也没有无缘无故的恨，让人总搞不清楚遇见一个什么样的人会有一个什么样的结局，或者这样的一个结局又是因为遇见了一个什么样的人引起的。这在我日后漫长的生活里是怎么也解释不清楚的。

这也是我想告诉您这一切的原因之一，您不会介意吧？

三

我和叶丽莎结婚后也有过一段好时光。叶丽莎经常去昌县参加活动，在昌县买房自然就成了我们的奋斗目标。虽说我们都有公积金，可那个时候我们还没有正式划给昌县。不是昌县人就很麻烦，不能用公积金贷款，首付比例不能低于五成。对于我们当时的经济状况，那该是一个多大的梦想啊。我们也想了很多办法，叶丽莎在昌县某个培训机构做了兼职。当然了，这只能利用晚上或是周末了。我没有任何赚钱的门路，只能尽力做好叶丽莎的后勤保障工作。在某个接她回家的晚上，我们认真算了一笔账。她每节课可以拿到八十元的报酬，一个晚上最多可以上三节课，除去晚上包车四十元的路费，可以净收入两百元。如果要凑够剩下的八万元，那就得至少坚持几百个夜晚。可她的眼泪告诉我她一个晚上也坚持不下去了。我能怎么办呢？我说那我们就回小河吧，就在小河安安静静地生活。她哭得更厉害了。

后来我岳父想到了个一举两得的办法。他托人把叶丽莎以选调的名义调到了昌县文化馆。虽然做不成领队了，但六个月之后她就可以成为购房合同上的主贷人了。我也顺理成章地成为了法律上的共同贷款人。首付三成，公积金抵扣，加上叶丽莎的领导找了一个地产上的熟人打了折扣……唉呀，那种感觉就像生活从此无忧无虑了一样。叶丽莎再也不用偷偷兼职培训班老师了，我也不用为赚不到外快钱发愁了。我把工资全部交给叶丽莎来打理，她愿意在淘宝、在京东上购个什么东西，都随她了。

唉，生活要是就这般美好就好咯。在某个周末的晚餐，我岳父喝了不少酒。他一喝酒保准要发表长篇大论。他对我们新房子的装修提出了很多意见，又替我们描绘了今后更远的日子。他掰着指头数给我们看：工作、成家、房子、户口，都解决了，现在要干什么？

我和叶丽莎都没回答。她低头玩她的手机。我只好听几句就拾掇个盘子碗进厨房，然后再出来听几句。

我岳父说话的速度越来越慢，句子也越来越短了，最后熟睡在沙发上。

叶丽莎给我递了个眼色。我没懂。她瞪起杏眼，指着手机。她给我发了条微信：怎么办？

我使了个眼色。她也没懂。她径直进了卧室。我只好蹑手蹑脚地跟了过去。我们在黑暗里并排躺了一会儿，才开始悉悉索索地脱各自的衣服。叶丽莎拽过枕头垫在屁股底下。我对体前的岔路口再也熟悉不过了，但叶丽莎警告我说不要光顾着享受。她期待这回劳作能见成效呢。

可生活慢慢浸染了诸多油烟味和越来越多的失望。叶丽莎卸载了自测软件，她把周计划细化到某一天、甚至几个小时之内。她心情好的时候会把在医院拍的卵泡监测的片子发给我看。片子上那个黄豆大小的黑洞就像我们要迎接的精灵。她在微信里通知我有"紧急任务"。我当然知道任务是啥。可我总不能撂下手上的活去办私事儿吧。我总不能给所长说家里有急事儿要回去一趟。所长肯定会问是什么事儿。我怎么答？未必我说我老婆叫我回家做爱？叶丽莎根本不理会我的这些解释。她像秘密电台每过一小时就给我发报。还剩六小时，五小时，四小时……她也不管我看不看，反正倒计时是停不下来的。她的意思很清楚，任务已经下达了，时间我也给你算好了，配不配合是你的事，后果就得那个不配合的人负责了。

挨到下班，我厚着脸皮给所长说晚上非得要回去一趟。那个时候，我还没有私家车。我只能坐巴士，等一个小时车再坐一个小时车才能赶到昌县。然后连走带跑的往家里赶。叶丽莎会催我洗澡。她像飞船指挥员一样发号指令：清洗部件，检查装备，各就各位。而她只需躺在床上喊一声点火。

升了空，是不是进入了正确轨道那至少应该是后话了。

我喘完粗气，给叶丽莎解释白天我在忙什么。叶丽莎说，你一个月请一次假不行么？我说请假总得有正当理由吧。叶丽莎骂我嘴巴长了痔疮，就那么难开口？编个什么理由不行啊，家里漏水了，煤气泄漏了，老婆生病了，什么不是理由？再说了，你们乡镇派出所也真是好笑，下了班还不能回家，你看看县里的。我说小河派出所你又不是不知道，就那几个鸟人，谁回家谁不回家，所长每天都数着在。叶丽莎就不理我了，把我的枕头也扯过来垫在屁股底下。

我哄叶丽莎。指着卵泡监测片子上的那个黑洞说，你就不能等一下吗，谁没有个事情呢，等不及就开溜，哪有这个道理呢。叶丽莎说一点儿也不好笑。我笑完之后也觉得不好笑。

我说我们买台车吧？叶丽莎这下来了精神，说小河镇铁定要划给昌县了，要买就赶紧，免得真要划定了，上牌还麻烦了呢。

一半是哄她开心，一半是我琢磨着恐怕以后还有很多"紧急任务"。我一来一回至少就是半天。解决的办法就只有买车。我也省得请假。比如我们十二点开饭,我提前二十分钟往昌县赶,叶丽莎在家里给我下碗面条。虽然前后差那么一点,但总体上还在叶丽莎"点火"的有效期内。完成任务后,我扒碗面条再往单位赶,差不多也能在上班前赶到。只要停车的时候不被所长看见,他也不会说什么。迟到个一二十分钟,他一般也不会这么及时地发现。

我这么说,您可能很难理解。可能觉得我这样的生活实在太逗趣。但事实真的就是这样。我的生活啊,完全没有和想象沾上半点儿关系。

我积极响应并努力完成了叶丽莎发布的好多次"紧急任务",可直到小河镇正式划给昌县为止,我们的"任务"仍然还处于紧急状态。

恐怕连您也会劝我们去医院好好检查检查。是的,我们早已检查过了。零件虽有磨损,但无大碍。连那个看报告的医生也说了,这个事情就是一个概率。今天,明天,说不准后天就怀上了。但我不久之后就从卧室的抽屉里发现了一张可以说明医生脸上怪异表情的检查报告。叶丽莎右侧输卵管堵塞。她这个人啊,生怕会失去一点儿娇惯的本钱。我也没有生气。这种事情能怨着谁呢。再说了,是几率问题,总有一回能走对线路的吧?叶丽莎嘴角弯了弯。

叶丽莎每个月还是会去医院取报告，据此来安排我们的夫妻生活。而每个月的期盼很快就会被下一份报告取代。

就在我们小河镇划归昌县的那年夏天，我们曾经有一次概率极高的机会。叶丽莎异常兴奋地告诉我，她服用的促排卵药起效了。她的一位闺蜜还说了，说不定能一下怀个双胞胎。还给她算出了概率，正常人怀双胞胎的概率只有百分之一，她这种情况起码也是百分之八了。我劝过她很多次，不要随便吃药。我也不知道她在哪里加入了一个群。群里总有人发布一些新方法，公告一些新进展。叶丽莎每听信一个新方法就会结识一个闺蜜。我也记不清她究竟有过多少位闺蜜了。而这些闺蜜毫无例外的都成了她每次痛哭流涕时嘴里叫骂的骗子。

叶丽莎给我说这事儿的时候，我正在往河堤上扛沙袋。你说怎么可能呢？上面下了死命令，人在堤在。你又不是不知道，今年的险情非比寻常，你叫我回去和你睡觉？

叶丽莎的声音在我耳朵里打雷。你要是不回就不要回了，你要是不回就死在小河吧。

说真的，我那个时候还没有想到过死。我也没想到过要牺牲。我挂了电话，继续往河堤上扛沙袋。

专家说了，管涌不是闹着玩儿的，随时都会撕开一道口子。

水里像潜着巨鳄，张着血盆大口吃掉了我们很多沙袋。小河镇的男女老少都上了。老的少的抗不动的就帮忙装沙，水性好的腰上拴个绳子下河摸水情，力气大的分配去打桩。这些年的磨合，基本上哪些人适合干什么都有一个大致的名单。

这些活儿我都干过。我先是在打桩的队伍里，我一锤子下去总比别人多下一截。我可不吹牛。我还总结出了八字诀呢。这活儿后来我传给了王小军。这家伙楞是学了些时才悟出"砸锤要准，落锤要稳"的道儿呢。

后来大家伙儿考虑到我有腰伤住过院，就分配我去摸水情了。我们用的都是些土方法，耳朵里塞把草，鼻子捏紧，肚子一吸气，猛子扎下去，像在浑水里摸泥鳅。如果手上脚上探过去有小气泡、小旋涡，就浮出来换另外个人下去看。要是也察觉有旋涡，那就要喊专家来看了。

查水情的活儿王小军干不了，他是个旱鸭子。我硬把他拉下水，却也只害得他呛了几口水而已。就为这他还恨了我好几天呢。这查水情的活儿我也没一直干下去。有一次第一个下去查看的人察觉到了旋涡，队长派我下去确认。河里的水好多天没见过太阳了，我一下水就打了个寒噤，像举着双螯的大虾在河里蹦跳着踩水。真得骂几句那该死的天气，我感觉我已经冻成了凉皮。我说情况不妙，腿蹬不动了。他们费了点儿劲儿才把我拖上岸。我像根吸饱了水的腐木被他们拖上岸，拍打了好一阵子才恢复了点儿血色。这是我在部队里落下的病根。他们怎么也不相信我是个散打冠军。他们笑我现在这个熊样连做那事儿的本事都没有了。说归说，他们还是七手八脚地把我抬进了小河镇卫生院。

等我那次出院后，我就只能去抗沙袋了。也就是小河镇划归昌县的那一年。早在年初的时候，老天爷就瞅住了机会。趁着有些人忙着思考归属问题的时候，雨已经稀稀拉拉地下了一个多月。到了六七月份，雨就像在地上炒豆子。洪水里像有上千条八爪鱼，它们可以钻洞可以攀援，小河镇开始节节败退。先是漫堤，然后分洪，淹了百十户农田，又冲了十几户鱼塘。最后上面的水库截住了洪峰，这才断住了态势。

那一年平县人狠狠地看了昌县一个笑话。平县人在援助我们的时候，依例送来了一批帐篷、瓜果和粮食。他们和往年一样面露难色，表达了他们作为"生母"应有的同情，但现在小河镇已经有了昌县这个富有的"后妈"，一切都会好起来的。

会不会好起来我不知道。平县人来慰问的时候，我已经住进了医院。我连沙袋也抗不起了。我的腰里像灌满了沙，骨头缝里都是。整个人都成了一个沙漏，流沙经过哪里疼痛就穿过哪里，躺着疼，侧身也疼，连打个喷嚏都会让人疼痛难忍。

其实，每年我都会提前去医院做些预防准备，像一件过季的衣物在遇上潮湿的天气前应该送去干洗店干洗一样。但总是于事无补。

镇上康复科医生是我老丈人的朋友。她窝在椅子里半天不做声，她对我这个病人早已不抱什么期望了。她还是那么坦诚地告诉我了一个无解的循环往复的机理。比如，我要是还干一些打桩、抗沙袋的苦力活，那我的腰椎永远好不了，紧接着我的肩膀、颈椎在一定的时候会一起发作，让我的脑袋出现应急性头痛、头晕，手臂僵硬、发麻，说不定端碗、夹菜都困难。她连检查膝跳反射的木锤子都没摆出来。她在我的腰夹脊、腰俞等位置施针，像在一行一行地插秧。我想，这一次治疗她可能又会颗粒无收。

她帮了我不少忙。每次都会想办法免费给我弄一些非医保类的药或是针剂，有些是她从别的病人那里省下来的。比如遇上哪天某个病人没有按时来，她就会趁临近交班的时候闪进病房注射在我身上。看她那慌张的样子，我还真担心她会不会给我打错针。等她施完了针，把针具放进白大褂的口袋，她才悄声告诉我刚才打的是什么针起什么作用。她有时候也会当着我的面给我老丈人打电话，报告我身体恢复的状况，刚才给我用了什么针等等。可她这次给我交了底。大致上是说我这种情况搁在他那里扎扎针、拔拔罐，缓解缓解症状完全没问题。她稍微支吾了一下，两只手在白大褂的兜里捣鼓着什么。我还以为她又会掏出什么神秘针剂。但她实际上是想表达她的难为情。医院管得紧了，什么药是哪个医生开的给谁用了在电脑上一查就出来了。她的话一出口，我立马就想到了"收赃"这个词。我对她的善意充满了感激，但我绝对不是一个贪图便宜的人。我表明了我的立场。她的手也从口袋里掏出来了，什么也没有。

她后来又给我想了个办法，把我转到了昌县人民医院。转院的那天，她给我老丈人打了电话，说我好歹也是个公务员，转院医保可以报销。也正如她所描述的那样，县医院的仪器先进得多，光做磁疗热敷的仪器就好几种。有的像护甲可以捆在腰上，有的像块兜了热水的尿片可以躺着。我问护士这些都是什么用途，护士会不耐烦地告诉我：和那个仪器一样。我说既然都一样为什么要这么多种呢。护士有时答不上来就会气呼呼地反问我：谁让你是个病人呢。

我揣摩了下这句话，很有些意思。我刚转院来的时候，要给我抽血。我知道这一套抽血化验下来至少就是五六百块。我说我在小河镇医院抽过血了。护士说，那是在别的医院。我说不都是医院吗？护士直接在我手臂上绑上了橡皮管子，一管接一管的抽血。我说医院不一样但是血都是一样的啊。我和护士之间的对话从来没有愉快过。出院的时候护士等我签完字打完评分,也终于笑了一回:你们这些医保病人真难伺候。

他们的病人也是不好当的。我要是有钱,随它折腾,保证也能当个好病人呢。除去能报销的部分,杂七杂八地算下来我自己掏了不少钱。叶丽莎说我这是工伤,钱应该由单位出才是。王小军帮我问过了,不能算工伤。相关政策解释也很清楚,比方说要是打桩的时候,一锤子把自己手砸残了那就是工伤,要是查看水情时被铁丝、玻璃瓶划断了肌腱那也算工伤。说白了,我这个腰椎病不是一天两天落下的,说不清楚究竟是哪一天哪一个时刻造成的。

我知道叶丽莎并不是完全因为住院费用的事不高兴。她看我一步一挪的残疾样儿,还是递给了我一杯水,让我坐在客厅的沙发上看电视。我是被提前赶出院的。医院的床位很紧张,像我这种可以下床走动、生活自理的人应该自觉地挪腾地方,给开一些药回家服用。这些多半不能走医保报销的药,占据了我总花费的四分之一。我不能把这些全部告诉叶丽莎,她一定会让我回医院讨个说法。她可能会说,你一个警察怎么会这么窝囊,怕这个怕那个,什么都不愿意争取。我不愿和她争吵,那样,我会觉得更累。

她在厨房做饭,从她切生姜的声响里我能够感受到她在酝酿一些情绪。她可能在抱怨我没有配合她完成紧急任务，然后又把自己的身体弄成这般样子，还产生了这么一笔本来不该有的费用。她一直在憧憬着好日子，有一处闹市里的宽敞明亮的房子，像电影里的人那样每天出门就开车，每天有花不完的时间去逛街、购物，也不用担心银行卡里的数字会让人时时刻刻的脸红。

她在那里切姜，每一刀都会缓慢、迟钝地切在砧板上，发出"当、当、当"的声音，像一个无聊至极的人在削木头打发时间。凉拌生姜丝是我们这里的一道驱风散寒的家常菜。可她从来没有做好过一次。我给她说过很多次，给她示范过，一定要顺着生姜的纹路来切，切起来省力而且姜丝会又细又脆。可只要说她两句，她立马就会洗手不干了。如果不说她，她会像捉蚂蚁那样在厨房里慢慢洗菜、切菜，然后满灶台都是盘子、碗、盐罐、醋瓶、筷子、刀、铲等等，就像三岁小孩乱丢的一堆积木。如果哪天回家晚了，还可以凭她摆放在灶台上的这半碗葱花那半碗生姜大蒜，猜出她炒过什么菜，她用哪只碗盛的水，又用沾了油的铲子去碗里取了什么作料，像一个完全没有被破坏的犯罪现场。

她一定是故意的，故意不按生姜的纹路去切，切出来的姜丝一定会是毛刺刺的，嚼不烂，专门卡牙缝。

她是在向我宣告这是她的方式，不会改变。

直到她切破了手指头,她的情绪才像她满手的鲜血那样爆发了出来。我不想向您描述我们吵架的详细经过。那一点儿意思也没有。那是我和叶丽莎的最后一次长谈。我们说起了我们无聊的约会,相去甚远的喜好,应付式的结婚,谈到了我们没有孩子,还很多很多年的房贷。我们像两个饱受疾病困扰的人,虽然查明了病因却是毫无办法应对、摆脱这一身的毛病。

试图改变一个人的人是多么的愚蠢。要结束这个愚蠢就只有一条路可走,就是离开那个人。恐怕连您也不大相信这就是我和叶丽莎不了了之的结局。我们的婚姻就像两块漂移多年的板块相撞在了一起,然后又在一天天开始移向了别处。

那天夜里,我也没有替她包扎伤口。我认为那是一个成年人必须要面对要学会的技能。她也没有送我,只是让我别落下什么衣物。我一件一件地拾掇衣物,像她切姜丝一般缓慢、迟钝。

而此时,我才意识到这些衣物陪伴我多年了。我诧异、怀疑,我这么多年竟然没添一件新衣物?应该是的,就像我从不喜欢结识新朋友一样,我一件衣物也没买。认识一个人该有多难啊,要花去多少精力去筛选、认识,最后才成为朋友,然后再保养、维护这个关系。这些,对于我来说都太难了。真的，太难了。我害怕陌生的一切。可我那会儿也对熟悉的东西感到恐惧。收拾一次行李该有多难啊，就像在整理我之前的一生。春秋穿的、冬天用的，里面穿的，外面穿的，看过的书，日常用的药，它们都从某个固定的地方被我取了出来，又被一件一件地摆进固定的位置。对于它们来说，我算是个朋友。它们一直沉默着，只是在恰当的时候才和我相遇。我的目光迟疑，不敢多抬高一寸。我害怕它们说"带上我吧，可能你需要我"、"在某一天你会想起我的"。它们的目光变得也迟疑。我像是天上丢了轴线的风筝，它们担忧我的现在、忧愁我的未来。

我甚至记不清袋子里装的是些什么，反正总得当着她的面装些什么然后再带走什么。

我一步一挪地出门、下楼，背后只有鞋底在地面上拖沓的声音。我连夜开着车回了小河镇。我能带走的也只有这台车了。随行的还有两年的分期债务。穿过昌县县城的时候，我抬头看了一眼天空，原来城里的夜晚并不是黑色的。五味杂陈的光散布在城市的上空，一点一点地抵消了暗夜的底色，那天空一点儿也不明净。

四

遇上在县局开会或者办点儿别的事，我偶尔也会去昌县一两趟。有次开会，我稍上了王小军。他一路上都在向我嘀咕抱怨当协警的苦，让人看不起。我说谁看不起你了？别他妈包着槟榔还伸手问我要烟抽。王小军把手缩回去了，吐了槟榔渣。他说槟榔是他表弟给的。他表弟现在根本就不把他放在眼里。以前都是嬉皮笑脸地向他伸手要烟，现在表弟阔气了，时不时的会甩给他一整条红金龙。

"可不抽死我了。"王小军继续谈论他的表弟。我说那你怎么不跟他混？王小军又嘿嘿一笑，露出一丝鄙夷的神色来。"瞧他那每天穿西服打领带的样儿，整得跟个小白脸似的。没个啥文化还张嘴闭嘴地喊别人先生、小姐，我可做不出来。"

王小军这家伙一会儿把他表弟吹上了天，一会儿又把他贬斥的分文不值。当天晚上王小军要请我吃饭。我就见到了他的这个表弟。

他表弟和我握手时嘴里还吧唧吧唧地嚼着槟榔。没等他开口，我就想起来了，这家伙就是那天雨中开滴滴快车的司机。他一点儿也没变，您见到的话保准一眼也能认出来。

他表弟摆阔，点的都是清一色的小龙虾。瞧他那说话的口气，嚷着服务员喊：那个啥，都给我来最大份的。服务员乐着个高兴，嘴上答得也格外响脆。服务员先上来了一盘凉拌黄瓜。那是我点的。我本来没打算让王小军或者他表弟买单。我想吃个简单的便饭，三个人点几个家常菜，一人顶多两瓶啤酒不就得了？

服务员特别说明了凉拌黄瓜是送的，还可以送一碟醋泡花生。还好，她很快就被李宝来挥手赶走了。李宝来正给我演示槟榔泡白酒的喝法呢。

"李宝来就是我表弟，我表弟就是李宝来啊！"两口酒下肚后，王小军就得意洋洋起来了。

我笑骂了他几句，你他妈早点儿说会死啊。

我也只能借着笑骂的名义。要是我早知道那个司机就是被王小军吹上天的家伙，我说什么也不会去吃这顿饭的。那天晚上我吃光了那家店子赠送的所有免费菜品。我的胃也因此遭了好几天的罪。可我要是不吃光它们，就觉得有个什么东西盯着我，小瞧了我似的。

当然也并不是完全没有一点儿收获。李宝来说他认识一个省人民医院的骨科教授，还当场用手机在百度上查证给我看。他说他已经介绍了好几个他的同行去教授那里做了手术，好几年了都没犯过一次。

他像保健品推销员，帮我分析病是怎么得的，如果不采取措施会发展到什么地步。他说的滴水不漏，环环相扣。叫谁也猜不出他是个滴滴司机。

李宝来是在某个下雨天里认识教授的。教授正在为拦不到的士发愁。李宝来不失时机地把车停在教授面前。干他这一行的，眼睛得贼一些，扫一眼就能把一堆人分得清清楚楚。那些急着赶路、要出远门的人，都是他优先靠近的目标。李宝来猜对了。教授要去某个医学院开讲座。一路上不是打电话就是在本子上批改什么。下车的时候还在打电话，结果手提袋就给忘了。

王小军已经有了几分醉意，脑袋像个歪瓜抵在墙上，嘴里嘟哝着说：这种人就活该。

李宝来可不这么认为。依他的经验判断，像这种戴眼镜的知识分子，千万别指望他的手提袋会有什么好东西，如果落在你车上了，最明智的选择就是主动还给别人。不然，这种人较真起来，会给你招来无穷无尽的麻烦。先是警察、客管处的人会过问，紧接着他会把这件事捅给电视台、报社。报社的那些家伙整天都在等这种消息呢。他们会无限放大手提袋里的资料是多么的重要，对社会某领域的研究会有多大的贡献。他们绝口不提是如何不小心丢失的。只要被他们找上了门，那你就铁定是个贪图便宜的人了。

李宝来追上去把手提袋交到教授手上。教授实在想不出什么妥帖的方式来表达他的感激，就给了他联系方式，说以后还叫他的车。

说到这，我们都明白了。他趁着酒劲儿，继续给我们吹牛。号贩子都拿不到教授的号，他李宝来只要一个电话，一两天就可以安排手术。

李宝来说的事情大致上是真的。我后来见到教授时，他还直夸李宝来的好呢。

教授给我详细介绍了手术方法。他指着一副腰椎模型说，零件用久了就会磨损，如果过度使用就会用坏。用坏了怎么办？就得送去修一修。之前的针灸也好，理疗也好，那只是对零件进行保养。特别是干你这一行的，零件坏得更狠，不修能行吗？靠今天扎针明天吃药的，能行吗？

换了谁听了这番话都会动心的。是该好好修理修理了。我实在不想再和躯体里突然蹦出来的任何疼痛做斗争了。我恨不得把骨头一块一块地取出来，让教授重新组装一遍。

这倒也不是个大工程。教授用的是臭氧消融术。往病灶上打一针，问题就解决了。可问题还是有。教授说，这就好比是把铁棍上生的锈一点一点儿褪掉，急不得。

但我不能不急。一次手术费就要花去我两到三个月的工资。注射到第三次的时候，我不得不向王小军开了口，王小军又向李宝来开了口。李宝来还是那么阔气，安慰我说，省里买棵白菜都比我们贵一倍呢。想想也是，我本来就不是那里的产物，这就好比他们开车的，不同的地方起步价叫的都不一样。我也问过医保部门了，倒是可以报销一点儿，大部分还是要自费。说起来，怕是您不大相信。我每个月除去还车贷以外，我还要想着法子拆东墙补西墙地还钱。对于我的那些诸多一穷二白的日子，金钱显得是多么的强势，它们至始至终都在拿捏着我的痛苦。

后来，王小军给我出了个主意，让我跟着他表弟跑滴滴快车。当然，这只能是在晚上下班了以后，一切还得悄悄地进行。很多时候，我需要王小军替我打掩护。他是个应变能力很强的人。他总能很顺利地帮我搪塞过去。我至今仍觉得这是一件羞于启齿的事。

我隐去了我的真实身份。天一黑，我就是一个滴滴司机。当然我并没有完全按照李宝来的行头装扮自己。那样我很不自在。我害怕王小军看我的眼神会变样。

但不管怎么说，这至少是个赚钱的门路。而且是我唯一的赚钱门路。我不得不拿起手机，学习琢磨使用支付宝、滴滴软件，开始把很多稀奇古怪的东西纳入我的生活。

好笑的是，我接到的第一笔订单是王小军的。他帮我冲单，刷服务星级分。除了刷分，还要留言点赞。这都是李宝来想出来的鬼点子。李宝来有几个专门帮人刷分的朋友，我请他们吃了顿饭，每人派了两包红金龙，然后带着他们象征性地在周边开个两三公里，他们就可以堂而皇之地给我留言点赞，夸我的车子干净、无味，说我服务态度好，还有一些很不靠谱的但是他们又觉得非常有吸引力的评价，什么颜值高、像古天乐、爱心大叔等等。

有些评价连我看了都要忍不住发笑。可这些还真管用。在我们小河镇还体现不出来，一旦到了县城情况就不一样了。城里人坐车似乎并不是为了赶路，他们有很多出行方式，他们有各色的选择标准，像他们出门必须要精心搭配一套衣服、拎一款有格调的包一样。如果是个聪明的滴滴司机，千万不能对他们这种斤斤计较的习性有任何怨言。他们喜欢选择，就让他们选择吧。如果车子上被人发现了烟头，那就会像碰倒了多骨米诺纸牌，随之而来的就是一个接一个的"恶评"。特别是像我这样只能昼伏夜出的急需要解决生活质量的人，我是一点儿都不敢马虎的。

我每天下班后先不吃晚饭。因为这个点可能会接到一笔去县城的单子。实在不行，就先接一个往县城方向去的单子。

总之一定要尽早赶到县城，最好不放空车。等从县城回来的时候，再接往小河镇的单子。

我每天可以跑三四个小时的车，除去每公里四毛钱左右的油耗，不算空驶的话，每公里差不多能赚到一元多一点。一晚上下来差不多能挣上百十来块钱。运气好的时候，收到滴滴红包奖励也可以赚个一二百的。每天多少是有些进账的。一段时间，这真让我有些乐此不彼。

可我的日子依然在消瘦，像极了我的那幅身板。我常青肿着眼窝，脸色也总不大好，白一阵子，黄一阵子，黑一阵子，就像我们这里捉摸不透的天气。即便您能忆起我的话，只怕也已经认不出我来了。我说这番话的时候，是真的很想见到您。我猜您会说：瞧瞧，我们的朋友，你究竟怎么啦？

五

趁他们这会儿没进来嚷嚷，我就接着跟您往下聊。您可能已经听烦了，甚至不知道我究竟在讲什么吧？但是我接下来要告诉您的事，就非常重要了。

我第二个月不得不换了部手机。原来的那部手机信号不好，抢单的时候经常出问题，也很容易丢米数。这是我们的行话。如果我收不到信号，我就只能像无头苍蝇在马路上乱碰。要么我被标记在A地，其实我已经到B地。但我在B地抢单就很不划算，我就比别人多跑了从A到B的距离。当我把这个情况求助于李宝来的时候，他的解决方案就是换手机。舍不得孩子套不着狼啊。对于这个不得已而为之的消费，我又整整心疼了一个多月的时间。

我也质疑过这样做的意义，可是生活又容不得我去多想什么。天黑下来后，另一个我就复活了。我又不自觉地去发动车子，像李宝来那样对别人客客气气。

李宝来反复给我强调过"乘客就是上帝"的道理。他告诫我说：永远要记住坐车的人只是你的乘客，管他是吸毒的，还是卖淫的，还是骗子，只要他付了你的车费，这一切就是正常交易。

瞧他那训话的样儿，我真担心他会咬了舌头。他就是那副德行，一钻进驾驶室，立刻就会变成另一种人。

实际上，我遇见的人比他讲的还要复杂。我拉过衣着暴露，上下车都会走光的那种女人；还拉过警察，他一上车就不停地接电话，我是从电话里猜到他的身份的；最要命的是我还拉过同性恋，这个我就不向您细说了。

虽然骨子里瞧不起李宝来，但他说的个中道理我还是明白的。很多次我也犹豫不决，我的职业嗅觉也慢慢在这个流动的密闭的狭小空间里失灵了。我开始习惯迎来送往，从他们那里坦然接单、收款。他们在我眼里只不过是一个个精心包装过了的镜像。至于他们上车前或者下车后是什么模样，我尽量不去思考。

值得庆幸的是，我先后还清了从单位借支的钱，还有王小军的、李宝来的。那种脱贫的感觉是描述不出来的。我请王小军表兄弟吃了顿大餐。李宝来还带了他的几个朋友。李宝来说都是吃这口饭的，让我不要生分。他还特意向我介绍了一个叫"虎哥"的人。听李宝来的口气，虎哥算是小河镇这一行的鼻祖了。大家给他敬酒，他就"恩，好"意思一口。我做东，自然免不了也给他意思意思。我举着杯子喊他"虎哥，来"，他啥话也没说，一口闷了。然后叫李宝来给我倒满。我说我差不多了。虎哥摆着手说，酒不够喝吗？我说不是。虎哥朝其他人笑笑，说，看看，和警察兄弟就是难打交待吧？我不好接话，也不想接他的话。但酒我还是喝了。虎哥这才作罢。他后来又唠唠叨叨地讲了几件他和警察打交道的事。什么车子被扣过，上个厕所回来就被贴了条等等。惹他最烦的是电子眼，就在文化路那段，双黄线早被压成了鬼都看不见的黄尿印子，电子眼像它妈的神仙，一拍一个准。桌上的人笑得人仰马翻，连王小军也在那里笑。他们个个像晃眼的太阳，照见了我隐藏在暗夜里的身份，照得我头晕目眩。

散场的时候，李宝来摇摇晃晃地扶着我说，知道为啥把虎哥拉出来吃饭吗？我没吭声。心里却直哼哼，这家伙最好离我越远越好。李宝来给我打了个比方，知道小鱼为什么要成群结队吗？我们小河镇的鱼是这样，大海里的鱼也是这样。连他妈坐牢的都还有个牢头呢？我只当他在说酒话。他又握着我的手说，刘哥，你开这么长时间，还抵不过虎哥跑一个月。知道他干啥不？我们都是他这条道上的鱼，你以为你不是，实际上你——还必须得是。他打了个长长的酒嗝。

我甩开李宝来的手，站在暗角里尿尿。停车场的那辆凯美瑞车灯亮了，虎哥被他们前呼后拥地送到车跟前。我连忙抖了抖，收好工具。喊李宝来：别开车，喝酒了别开车。他们站在车灯跟前，可能是听见我的喊声了，他们楞了一下马上就笑开了锅。暗夜里传来一声"他是警察呀"，我似乎真的看见了一群鱼，他们围着一台车在那里游。

王小军后来告诉我，虎哥给了我面子，一直等我走远后，他才开车走。我想，他应该是猜到我不是他身边的那条鱼，怕我管了他的闲事罢了。

虎哥白天跑滴滴是打掩护，他和我一样也是晚上出车。他有路子，是开黑车的。实际上李宝来也在开黑车。这是王小军悄悄告诉我的。李宝来故意透露了我一些门道，比如在哪些地方不能拉人，哪些人不能拉等等。我知道李宝来的用意。他在试探我。若我是跟了他们，对他们是百利无一害的。我多少也认识些警察同行，总会有碰上熟人办事的时候。

您可能会觉得我的这个猜测大胆了点儿。不，我的这个猜测很快就得到了接二连三的印证。有次李宝来说虎哥要回请我，叫我一定要给面子。碍于李宝来借过我钱，我不好一口回绝他。我随口说晚上有任务出动。可李宝来像听到了什么绝密消息，立马贴上来问：是不是要搞夜查？最近风声是有点儿紧。他把声音压得很低，活像搜集情报的探子。我被他逗得哈哈一笑。这反倒把他的兴趣提到了极点。他拍着我的肩膀说，懂了懂了，不该问的不问。他给虎哥回话的时候，顺便把"情报"透露了出去。虎哥非要在电话里给我说两句。我绕不过，只好接了电话。虎哥没说别的，他的话留了一半，说以后多联系，赚钱的日子还长着呢。我"嗯"了两声，连嘴巴都没张开。我一点儿也不喜欢虎哥。要在以前，至少在您遇见我的那前几年，我会直接告诉他"你这个家伙我不喜欢"。但如今，我竟然变得含混其辞了。浑浑噩噩的日子过久了，就会成为这样。对此，我真说不上来。

隔了些日子，李宝来又来了，问我上次怎么没见行动，小河镇没有，昌县也没有。我差点儿都忘了此事。我只好说是后来取消的。还给他打了个比方，在太阳没出来之前谁能百分百地保证是晴天呢。李宝来这家伙又往我跟前凑,满身的槟榔味儿。他四周看了看,见没人才说,最近查得严,也该整一整了,人人都开滴滴,我们咋赚钱?我说我没听到任何消息。李宝来嘿嘿一笑,像要跟我交换情报。他给我点上一支烟,开始一五一十地讲谁和谁是啥关系,什么样的事情可以解决到什么程度等等。

他为什么非要讲给我听呢?前面我给您介绍过小河镇被昌县、悟县修成了倒立的"入"字,其实小河镇现在是针鼻子呢。而李宝来他们的构想,就是要以小河镇为新的辐射点,穿针引线地往悟县、平县架设他们的情报站。等讲到这的时候,是个傻瓜也能听懂他说的意思了。他们也真是敢想。我听着浑身不自在,掐了烟,给李宝来说我不喜欢虎哥,我和他根本就不可能成为一路人。李宝来听得一楞,楞是把我看了半天,猛吸了一口烟,然后狠狠地把半截烟往地上一扔,扔得火星四溅。他朝地上吐了口痰,嘴上也不干不净地骂了句:妈的,我忘了你是警察!

他倒是把我骂了一惊。是啊,我是警察。我站着和他抽烟、聊天的时候,我丝毫没觉得自己是个警察。李宝来走了,没有容我半点儿解释,他再也没来纠缠我。但我可以公开地向组织、向任何人说明这一点儿:李宝来说的那些人我一个也不认识,他们的名字、来路我也丝毫不知。我当时只是碍于和李宝来的关系，和他一起抽了一支烟。所有的这一切都会像一支烟一样，抽完了就烟消云散了。而且我对他们的计划从头到尾毫无兴趣，我只当他是在吹牛，他们简直是异想天开。李宝来这家伙从来没有冲我瞪过眼，我至今都对他眼睛里冒出来的血丝感到诧异和害怕。

就在我以为彻底和李宝来、虎哥划清了界限以后，我极少再去跑滴滴了。偶尔跑上几单，也纯是顺路或是权当打发时间罢了。从小河镇到昌县，或是从昌县到小河镇，这该是多么熟悉的一条路啊。要是隔段时间不跑一跑，心底难免还会生出些陌生来。我无聊的时候就会把滴滴司机客户端打开，听滴滴语音播报的感觉很奇妙，甚至比听收音机还过瘾。大门不出二门不迈就能知道附近有多少人有多少车，他们要去哪里，想去哪里。那种感觉像窥见了大半个镇子的动向。

您可能还不信，我转业回小河镇后，就没跨出过昌县。我就像一颗在昌县和小河镇之间来回摆动的弹珠。我的一生都将困在这儿了。

说到这儿啊，您可能更关心6月28号那天晚上究竟发生了什么。我也该向您说说那天的情况了。就在我不知道如何打发那个夜晚，懒得动弹却又不想发呆的时候，我的滴滴司机客户端上收到了一条乘客预定单。订单显示是从小河镇到悟县。天啦，那是我从来没有见过的一笔长途订单。这家伙还说送十元接车费。我的手指被按钮吸了过去，一下就按了同意接单。他给我打来电话，又确认了具体时间和接车地点。我只记得他是个矮胖子，我在驾驶室都能闻见他身上的油脂味儿。路上我还问他是不是小河镇本地人，去悟县怎么不坐长途车。这家伙不大爱聊天，我还在想这是不是与他的过度肥胖有关系。最好笑的是他竟然说是来我们小河镇相亲。我心里只发笑，就他这样还想钓我们小河镇的女人，活该吃个闭门羹。

我没再搭理他。这是我第一次到悟县。我还在想呢，到了地儿是不是可以先在悟县转一转，吃个夜宵什么的，或许能再带个人回小河镇呢，那我就赚个双赢了。

下了高速，这家伙说他知道一条近路。我在他的指引下，七弯八绕地进了县城，最后他指着远处说过了天桥就下。我就给他打商量说能不能就在天桥那儿。他大概是猜到我要在天桥下撒尿，嘿嘿一笑就同意了。他补给我二十元高速路通行费。他算是个讲道理的乘客。

我和他一起下了车。他往车前走，我往车后走。我正要掏出家伙方便的时候，过来一帮子人，还有人抗着摄像机。有人拦住了胖子，指着我的车问：你刚才是不是坐的这台车。胖子说：是的。有人又问：那你认识这个人吗？胖子瞟了我一眼说不认识。然后他们继续问胖子从哪里上的车，给了多少钱。我意识到可能碰上李宝来说的某种情形了。有人冲进驾驶室拔了我的车钥匙。

我大声问:你们干什么。说这句话的时候,我还以为我是在制止某种违法犯罪呢。

可那个亮了亮牌子的人丝毫没有怯弱,回答我说:你非法营运。

之后,拔车钥匙的人要开走我的车。我接下来做了一连串的蠢事,千不该万不该的是我亮了证件。我试图拦住那个家伙,他开走的是我唯一值钱的财产。那家伙朝举着摄像机的人喊了一声。他们立马把我拦住,一人负责问话,一人拿个本子不停地记着什么。要不是他们最后把我带到这里,还真会让别人误以为他们是在采访我,要上电视呢。

在事情发生的这几个小时里,我的脑袋一直轰轰作响,像过火车。我满脑袋里就只有一个问题,他们凭什么说我是非法营运?我开了这么久的滴滴快车,也从来没人告诉我是非法营运,那么多需要打车的人,那么多开滴滴的司机,我又没有干李宝来、虎哥那样的勾当,我怎么就非法营运了呢?

我继续犯傻。我仗着我的光明磊落,就跟他们来到了这里。开始的时候是一个瘦猴子在我身边叫嚣,叫我好好反省,写下我的违法经过。

我说我是警察,违不违法我还不知道吗?

那只瘦猴子跳了起来,说,你要搞清楚,这里是悟县,懂吗,是悟县。究竟是我懂法还是你懂法。好,你不是警察吗?你们不是经常叫这个叫那个写情况说明吗,那你今天也给我们好好写一下。

他们倒也没把我怎么样,只是用声音轰炸我。

我说我凭什么写。

那人嘿嘿一笑,信不信,我们马上通知你们单位,叫你们单位有好看的。

这句话倒把我唬得楞了一下。我平身最恨谁要挟我了,我一脚把凳子踢出了门外。那瘦猴吓得往外跑,嘴里喊着:快来人,快来人,这家伙疯了。

后来,来了好多人。

很可悲,他们中竟然有我一个熟人。天杀的,是李铁头,就是那个送我发热腰带的兄弟。

那个没有来得及回答您的问题,现在已经有了答案。他就是我在连队干部人事会上画的那只王八。他打了食堂的师傅,我一起挨了批评,画王八我还不解恨呢。

他正从容不迫地走出某间办公室。他没能躲开我的目光,被我恶狠狠地牵了过来。他一开始还假装不认识我,在那里有模有样地问我叫什么名字,哪里人。这让我感到一阵发冷,恶心,想吐。他和他们其中某个人说了句什么,然后那人就走开了。李铁头变了副模样说,教官,您好汉不吃眼前亏,别和他们斗下去了。我会想办法的。

我不想和他讨论我是否非法的问题。我说，你他妈别喊我教官。

李铁头关起房门。他意识到我们之间最好是先叙叙旧，再进行其它的。我懒得理他。他就在那里自言自语。

"您复员的第二年我也复员了。我以为您教我的那身功夫能够养活我，但是我拿着退伍证连个保安的工作都找不到，他们以为练武的人除了能打架还应该长着翅膀，能满天飞。我是个勤快、认真的人，看见走路慢的人都想踢他几脚，看见说话慢的人都想扯他的舌头。可是呢，凭什么我要干那些又苦又累的差事？"

他在那里唠叨个没完没了。他对现在的这份工作很满意，像是人做的事。

说完这些，他叹了口气，给我泡了茶，上了烟。他说，那个坐你车的人是个饵。

我瞪着他，说，既然是圈套，为什么还要说我是非法的。是你们还是谁设计的圈套？

李铁头说，我也不知道。但是您想想，怎么会有那么巧的事情呢？

我说，呸。

他又说，最要命的是您还偏偏亮了证件，他们最喜欢有单位的人。

我的情绪也缓和了许多,我就问,那你们一般怎么弄。

他说,一般罚款五千到二万。我会给您想办法的,但,无论怎样都得交一点儿,他们现在都录了像,我说了也不算。

我没吭声。他把手机还给了我。

我说,那我写什么。

他说,还是按他们的意思,写个情况说明吧。

我给王小军打了电话。王小军赶过来了。他给他们上烟,陪他们笑脸,帮我说情。当他们弄清了王小军的协警身份后,就说,你一个协警操什么国家的心,知不知道他这是违法,违法你懂吗?违法就是很严重的事。

我望着王小军想冲他笑一笑,但这张脸习惯了,就是笑不出来。我说,兄弟,你回吧,谢谢你。

王小军摇着头,欲言又止。"唉"了一声,走了。走之前他劝我说,还是写吧,签个字,我找李宝来、虎哥问过了,交五千罚款,这事儿就了结了。不交钱,这事肯定会捅到单位,你想想,以后的日子还咋过啊。

我也不知道明天将是怎样。天色很晚了,李铁头叫我睡他的办公室,给我抱了一床被子,还端了一碗夜宵。

我让他出去。他不放心。我当着他的面写下了"情况说明"这几个字。他这才拍拍我的肩膀离开了。

等他的脚步声远了，我冲桌子捶了一拳，很疼。手机屏保也被震亮了，是那张《闲云野荷》的照片。

我需要说明什么？说明我一团糟的生活？说明我为什么非要坚持在像泡馍一样的小镇上抗洪？说明我怎么求医看病然后又怎么想办法还钱？说明我是怎么就遇见这么多各色各样的人？

在这间屋子里我实在想不出还可以给谁说说话。叶丽莎，哦，不，她肯定不会理解的。她只会更加瞧不起我。但我还是想把事情说个清清白白、彻彻底底，究竟是哪一步出了岔子，我该回到过去的哪一天呢。

与您讲述到这儿，我也算回顾了我们整个相识的前前后后。我是一个奇怪的、好笑、太过愚笨的人。在我们初次见面的时候，谁也想不到我会有这样的一场遭遇。那个时候一切都没有征兆，一切都还算美好啊。

如果他们明天早上不放我走，我还打算让李铁头把我写给您的这些话邮寄给您，算是我们之间友谊的见证，也算是完成您交待的一篇作文吧？您也不用为我的这场没有结局的婚姻感到惋惜。也不用为我的非法行为着急，我说的这些，您可能在网上也查得到，是不是非法自会有定论。也说不定王小军明天一早就会给我送来五千块钱。当您打开这份信的时候，我或许又安然无恙地回到了小河镇派出所，在那个办证窗口迎接某个

一朵雨做的云

办事的人呢。

　　此时，窗外又下起了雨。唉，我们小河镇的雨就是这个季节要来的啊。老天除了下雨仿佛没有别的事儿可做。也没有人去管它该不该下或者下多大。反正，它是老天爷，下了就是下了，下多大就是多大。万物逆来顺受惯了，让它下，让它不下，让它知趣，让它无趣。万物学会了在沉默中去生、去死、去绽放美丽。这就是万物——那些卑微着的被风雨洗涤、淘净的灵魂，皆在高贵地生长啊。